Teil 1

Soziale Phobie überwinden

5 praxiserprobte Wege, um deine Angststörung für immer zu besiegen

Lisa Meier

1. Auflage

2020

Inhaltsverzeichnis

Vorwort

Hallo, mein Name ist Lisa und ich freue mich, dass du dich für dieses Buch entschieden hast. Du lernst hier einige Wege, um deine soziale Phobie zu besiegen. Mir ist es ein persönliches Anliegen, mein Wissen über soziale Phobie und Panikattacken weiterzugeben und dadurch Menschen zu erreichen und zu helfen. Wir alle haben irgendwann in unserem Leben mal Angst, denn Angst dient in erster Linie als unser Schutzschild kann aber eben auch krank machen. Allein in Deutschland leben über 10 Millionen Menschen mit einer psychischen Angststörung.

Was als Volkskrankheit deklariert und paradoxerweise dennoch oft verschweigen wird, tritt also bei 7-12 von 100 Menschen mindestens einmal im Leben auf. Leider ist es immer noch so, dass viele Menschen kein Verständnis für Erkrankungen oder Veränderungen der Seele haben. Nehmen wir an, jemand hat etwas Banales wie eine Erkältung oder aber eine schlimmere Krankheit wie Krebs, wohin führt dann der erste Weg? – Richtig, zu einem Arzt. Und was passiert dort? Es wird eine Untersuchung gemacht, eine Diagnose gestellt und im Anschluss ein Behandlungsplan ausgearbeitet. Hat aber jemand eine psychische

Erkrankung wie zum Beispiel eine Angststörung, wird das häufig nicht ernst genommen.

Ich selbst musste auch gegen viele Gegenstimmen kämpfen. Man sagte zu mir: „Stell dich doch nicht so an!“, oder „Übertreibst du nicht ein bisschen?“ Das Problem ist: Angst ist nicht greifbar, denn sie existiert nur in unseren Köpfen und ist so schwer zu erfassen und noch schwerer zu diagnostizieren. Nur die Betroffenen selbst können die Stärke der Angst selbst einschätzen. Doch gerade die Patienten, die Hilfe bräuchten, trauen sich oft nicht darüber zu sprechen.

Als Eine eben dieser Betroffenen weiß ich also, wie verloren und einsam man sich auf der Suche nach Antworten fühlen kann. Der Trend heute geht hin zu schnellen Therapien und kurzzeitiger Medikamentengabe. Ich persönlich halte davon nicht viel, denn Tabletten haben jede Menge Nebenwirkungen und lieblose Kurzzeit-Therapien bringen niemanden weiter.

Ich hoffe, dass ich dir in diesem Buch zu neuen Denkweisen verhelfen kann und der passende Anreiz oder Anstoß zu eigenem Handeln dabei ist, um die Angststörung letztlich für immer zu besiegen.

Nun viel Freude beim Lesen des Buches und Testen der Übungen!

Deine Lisa

Einleitung

„Erst der Mut zu sich selbst,
wird den Menschen seine
Angst überwinden lassen.“

Viktor Frankl -

Fühlst du dich unbehaglich, wenn du in der Öffentlichkeit stehen musst? Versuchst du ständig Veranstaltungen und Verabredungen abzusagen oder Meetings hinauszuzögern? Neigst du dazu, Gesprächen grundsätzlich aus dem Weg zu gehen, in sozialen Situationen Alkohol zu konsumieren oder dich mental zu distanzieren? Bist du zwar körperlich anwesend, träumst dich aber lieber in deine eigene Welt?

Falls du eine oder mehrere dieser Fragen mit „Ja“ beantworten kannst, leidest du womöglich an einer Sozialphobie. Bei der sozialen Phobie handelt es sich um eine psychische Störung, bei der ein intensives Angstgefühl entsteht – besonders wenn du Situationen ausgesetzt bist, die dir nicht bekannt sind oder bei denen du das Gefühl hast, beobachtet und bewertet zu werden.

Während andere Menschen gelegentlich nervös werden, ist das Gefühl von Erregbarkeit und Angst bei dir allgegenwärtig und bestimmt deinen Alltag maßgeblich. Aber keine Sorge: Es handelt sich um einen reversiblen Zustand. Wenn du denkst, dass du die einzige Person auf der Welt bist, die mit solchen Defiziten zu kämpfen hat, ist das unbegründet. Die soziale Angst ist die dritthäufigste psychische Störung weltweit und durchaus behandelbar. Wenn du also einer dieser Menschen bist, der sich schnellstmöglich ein normales Leben zurückwünscht, dann bist du hier genau richtig. Dieser Ratgeber möchte dir dabei helfen, deinen enormen Leidensdruck zu verringern und fünf Wege offenbaren, wie du das aus eigener Kraft schaffen kannst.

Zunächst einmal ist es wichtig herauszufinden, ob du wirklich an einer sozialen Phobie leidest oder einfach nur extrem schüchtern bist. Der erste Schritt ist also die Selbstreflexion. Du kannst nicht lösungsorientiert handeln, wenn du die Störung oder Phobie nicht als solche anerkennst. Ich kann aus eigener Erfahrung nachfühlen, dass es schwierig sein kann, sich Probleme einzugestehen. Doch Selbstreflexion ist in dem Fall ein riesiger Schritt in die richtige Richtung! Bereits nach dem ersten Kapitel kannst du entweder deine Zweifel aus dem Weg räumen oder das Problem erkennen und anschließend handeln.

Begleite mich auf der Reise, Ängsten den Kampf anzusagen und verlorene Lebensqualität zurückzuerobern!

Teil 2

Was ist Angst überhaupt?

„Angst ‚verleiht Flügel' und aktiviert Kraftreserven, selbst wenn der Körper müde und angeschlagen ist."

Gustave Flaubert -

Fakt ist: Alle Menschen haben irgendwann in ihrem Leben Angst – auch Erwachsene. Tatsächlich ist Angst eine völlig normale Reaktion auf stressige, gefährliche oder ungewohnte Situationen oder Lebensereignisse (z.B. Umzug, finanzielle Sorgen, Wechsel des Jobs). In erster Linie dient sie dazu, uns zu beschützen. Es handelt sich dabei um ein Gefühl von Unbehagen, Bedrängnis oder aber Angst vor einem bestimmten (bedeutenden) Ereignis.

Wenn zum Beispiel ein wildes Tier direkt auf dich zu gerannt kommt, wird dein Körper sofort Adrenalin ausschütten und dein Herz anfangen, wie verrückt zu schlagen. Du bist dazu in der Lage, in weniger als einer Sekunde zu entscheiden, ob du stehen bleibst und kämpfst oder ob du wegläufst. Für die meisten Menschen gehen diese Angstgefühle genauso schnell, wie sie gekommen sind.

Ein gewisses Maß an Angst hilft uns also, wachsam und bewusst zu bleiben. Wenn die Angstsymptome jedoch anfangen, dein Leben zu beeinträchtigen, können sie Anzeichen einer Angststörung sein. Wenn also kein wildes Tier in sichtbarer Nähe ist und dein Herz dennoch auf Hochtouren läuft oder andere körperliche und psychische Symptome, wie Taubheit, Schwindel, Übelkeit, Kontrollverlust oder Atemnot, urplötzlich auftreten, dann handelt es sich wahrscheinlich um eine Angststörung oder Phobie.

Doch wann ist Angst normal und wann macht sie dich wortwörtlich krank?

Wenn du dich vor Spinnen oder anderen Krabbeltieren fürchtest oder bei Höhe ein Kribbeln verspürst, bedeutet das nicht gleich, dass du an einer Angststörung leidest. Es gibt aber einige Warnzeichen, die dich stutzig machen sollten:

- du denkst über die Hälfte (70-80 %) des Tages an deine Ängste
- du bekämpfst Angst mit Pillen, Alkohol oder härteren Drogen
- du fühlst dich selbst in deiner Lebensqualität beeinträchtigt
- deine Bewegungsfreiheit verringert sich
- einige private oder geschäftliche Beziehungen leiden unter deiner Angst /

sind in Gefahr zu zerrütten (drohende Arbeitslosigkeit, Beziehungsaus)

- du wirst zunehmend depressiv oder hast das Gefühl, nicht mehr Leben zu wollen

Leide ich an einer sozialen Phobie?

„Sobald ihr handeln wollt,

müsst ihr die Tür zum Zweifel

verschließen“

Friedrich Nietzsche -

Viele Menschen verwechseln eine Sozialphobie mit Schüchternheit. Wo würdest du dich selbst einordnen? Hast du bloß normale Sorgen vor sozialen Interaktionen? Oder ist deine Angst anhaltend und schwerwiegend?

Schüchternheit ist keine seltene Charaktereigenschaft. Wir alle kennen das Gefühl von Unbehagen in manchen sozialen Situationen. Erinnere dich an dein erstes Date oder an eine große Präsentation zu Schulzeiten: Nervosität und verschwitzte Hände waren meistens enge Begleiter. Das Sprechen in der Öffentlichkeit oder mit Fremden am Telefon kann dabei genauso für Aufregung sorgen wie das Betreten eines Raumes voller unbekannter Gesichter. Derartige Erregungszustände sind bis zu einem gewissen Grad auch durchaus normale Reaktionen auf neue Situationen.

Aber eben nur bis zu einem gewissen Grad: Wenn du an einer sozialen Angststörung leidest, wirst du mit solchen Umständen nicht mehr fertig. Du kannst die Angst nicht besiegen und dich derartigen Herausforderungen des Lebens nicht mehr stellen. Allein der Gedanke an Blickkontakt oder bloßem Smalltalk, sind für dich unerträglich. Die soziale Phobie ist laut Definition eine langfristige und überwältigende Angst vor sozialen Situationen und tritt oftmals schon im Teenageralter auf.

Eine Sozialphobie wird auch als krankhafte Schüchternheit betitelt, deswegen kann die Abgrenzung manchmal nicht ganz leicht sein. Während eine normale Schüchternheit aber spätestens nach wiederkehrendem Kontakt mit den Personen von allein verschwindet, handelt es sich bei sozialer Angst um einen dauerhaften Zustand. Schüchterne Menschen brauchen einfach etwas länger, um mit Gruppen oder Einzelpersonen warm zu werden, doch bei der sozialen Phobie bringt selbst Regelmäßigkeit keinerlei Besserung - die Furcht bleibt schlimm bzw. unüberwindbar.

Jeder Mensch mit einer sozialen Phobie kann diese auf verschiedene Weise erleben. Es gibt aber einige Konstellationen, mit denen Menschen, die an dieser Angststörung leiden, vermehrt Probleme haben. Dazu zählt unter anderem in der Öffentlichkeit oder mit Fremden zu sprechen. Doch auch Beziehungen aufzubauen oder lediglich jemandem in die Augen zu sehen, öffentliche Toiletten oder Räumlichkeiten zu nutzen, sowie vor anderen Menschen essen zu können, solche Situationen darstellen. Gleichermaßen kann Auto fahren, zur Schule gehen oder zu arbeiten zu einer großen Belastung werden. Wenn diese und andere alltägliche Dinge, wie Geld abheben oder einkaufen gehen dich versteinern lassen, solltest du dir bewusst sein, dass es sich nicht um normale Sorgen handelt, sondern um schwerwiegendere Ängste.

Es ist auch gut möglich, dass du nicht mit allen Gegebenheiten Schwierigkeiten hast. Du kannst zum Beispiel Blickkontakt aufbauen, aber auf eine Party zu gehen ist dein größter Albtraum. Oder du kannst mit einem Einzelnen reden, aber vor Massen wärst du am liebsten unsichtbar. Auch die Gründe, warum du Angst hast, können vielfältig sein. Im Allgemeinen ist es aber eine überwältigende Furcht vor der Demütigung oder Beurteilung durch andere Personen. Deine eigene Verlegenheit durch Erröten, Stottern oder Schwitzen zu offenbaren ist dir genauso peinlich wie im Mittelpunkt zu stehen.

Neben der inneren Unruhe und der Angst plagen dich auch eine Reihe körperlicher Symptome. Dazu zählen ein schneller Herzschlag, Schwindel und Benommenheit, Magenbeschwerden oder Durchfall, sowie Muskelspannungen und Atemprobleme – im schlimmsten Fall bis hin zu einer Panikattacke.

Im Gegensatz zu bloßer Schüchternheit, welche mitunter wieder verschwindet, hat die Sozialphobie weitreichendere Konsequenzen. Die Folge ist oftmals Isolation, also die Vermeidung jeglicher sozialer Kontakte.

Die physische und psychische Reaktion unseres Körpers

„Es gibt nichts, was den

Körper mehr ausmergelt als

die Sorge.“

Mahatma Gandhi -

Bei Menschen mit sozialer Phobie treten eine Reihe typischer körperlicher Symptome auf. Das liegt daran, dass wir uns bedroht fühlen. Unser Körper kann nicht unterscheiden, ob die Bedrohung nur scheinbar oder real existierend ist. Die Folge ist, dass unser vegetatives Nervensystem zur Höchstform aufläuft. Dazu zählen Symptome wie:

- Erröten
- Zittern
- schneller Herzschlag / erhöhter Puls
- Schnappatmung
- erhöhter Blutdruck
- Gedächtnislücken / Blackout
- die Pupillen erweitern sich
- Schwindel
- Erbrechen
- Übelkeit
- Reizdarm mit Durchfall

Während unser Körper also die Gefahr wahrnimmt und darauf reagiert, wird die Angst durch eben diese Wahrnehmung verstärkt. Oft entsteht dann die Angst vor der Angst, einhergehend mit einer Reihe psychischer Reaktionen:

- Unsicherheit
- Reizbarkeit
- Konzentrationsschwierigkeiten
- Kontrollverlust

- Angst zu sterben oder verrückt zu werden
- Einschlafstörungen
- Katastrophendenken
- Vermeidungsverhalten
- der Drang aus der Situation zu gehen oder diese fluchtartig zu verlassen

Ursachen der sozialen Angst

„Stress, Angst und
Depressionen entstehen, wenn
wir leben, um es anderen recht
zu machen.“

Paulo Coelho

Es gilt zunächst einmal zu betonen, dass eine Reihe von körperlichen Ursachen hinter einer Angststörung oder Phobie stecken können. Am häufigsten aufzufinden sind Ängste im Zusammenhang mit Erkrankungen des Herzens oder der Atemwege oder bei einer Schilddrüsenüber- bzw. Unterfunktion.

Wie du dir sicher vorstellen kannst, lösen Atemprobleme im Zusammenhang mit einem

Asthmaanfall oder aber Beschwerden auf Grund eines Herzinfarktes starke Angstempfindungen aus. Doch nicht nur da, auch bei Krankheiten, bei denen Schwindel oder Schockzustände auftreten, ist das Gefühl von Angst präsent. Da Panik in unserem Kopf entsteht, ist es auch nicht verwunderlich, dass eine Nervenerkrankung des Gehirns ebenfalls als körperliche Ursache in Frage kommt.

Diese Krankheitsbilder haben natürlich nicht Angst als vordergründiges Symptom, aber dennoch sollte diese Nebenerscheinung als Warnsignal ernst genommen werden.

Dein Hausarzt ist also zunächst einmal die erste Anlaufstelle, um körperliche Untersuchen und anschließende Schritte zu einer klärenden Diagnose anzuleiten.

Sollte bei dir körperlich alles in bester Ordnung sein, ist aller Wahrscheinlichkeit nach deine soziale Umgebung der Angstauslöser.

Es ist anzunehmen, dass ein komplexes Zusammenspiel verschiedener biologischer Faktoren und Umwelteinflüsse eine soziale Phobie verursacht: Gene und Lebenserfahrungen beeinflussen die Entwicklung der sozialen Angst. Forscher um Hawkan Lau bewiesen in einer Studie, die 2016 in der „Nature Human Behaviour“ herausgebracht wurde, auch, dass Teile des Gehirns, die für Angstreaktionen verantwortlich sind, bei Menschen mit einer sozialen Phobie aktiver sind. Die genetischen Anlagen spielen jedoch eine zentrale Rolle. Wenn es in deiner Familie bereits erkrankte Personen gibt oder gab, dann ist es auch für dich wahrscheinlicher eine Sozialphobie oder eine andere Form von Angststörung zu entwickeln.

Innerhalb der Familie muss das aber nicht zwingend nur auf die Genetik zurückzuführen sein – auch das erlernte Verhalten spielt einer Rolle. Soziale Angst entwickelt sich meist schon im Kindes- oder Jugendalter. Überbehütung oder enorme Kontrolle seitens der Eltern sind genauso verantwortlich, wie schlimme oder gar traumatische Erlebnisse. Wenn du negative Erfahrungen in der Kindheit gemacht hast, beeinflusst das die Entwicklung der sozialen Angst. Diese frühkindlichen Überzeugungen basieren oft auf Gefühle der Inkompetenz, Wertlosigkeit, Entmachtung oder Scham. Kinder, die unter Ablehnung oder Spott, Mobbing oder Demütigung leiden, sind möglicherweise anfälliger für diverse Angststörungen. Das liegt vor allem auch am Alter und dem dadurch bedingten fehlenden Selbstbewusstsein. Jüngere Menschen sind empfänglicher für die Meinung von Mitschülern, Lehrern, Freunden und Eltern. Wenn du schon früh eine konsequente Negativität erlebst und deine Bezugspersonen dich ständig abmahnen bzw. kritisieren oder sich über dich lustig machen, dann entwickeln sich automatisch selbstkritische Gedanken.

Wenn Menschen sich in sozialen Situationen anders, unangemessen oder beurteilt gefühlt haben, könnten sie zudem denken, dass alle Begebenheiten auf die gleiche Weise ablaufen werden. Daraufhin fangen sie an, diese zu fürchten und im schlimmsten Fall zu meiden. Das können unangenehme, peinliche Situationen oder neue soziale oder berufliche Herausforderungen sein. Durch die soziale „Isolation“ schützen sich die Menschen vor weiterem Versagen und weiteren Demütigungen.

Auch eine eigene negative Denkweisen (überhöhte Erwartungen), der Verlust eines geliebten Menschen und ausgeprägte Hormonschwankungen (meist bei Frauen) bilden gemeinsam mit allen anderen Faktoren einen idealen Nährboden für die Entstehung einer sozialen Angst.

Don't Panic, Lisa! – Werde ich jetzt sterben? – Erfahrungsbericht

„Du musst dich daran erinnern, dass Angst nicht echt ist. Es ist ein Produkt der Gedanken, die du kreierst. Verstehe mich nicht falsch, Gefahr ist sehr echt, aber Angst ist eine Entscheidung“

Will Smith -

Panikattacken. Oft verwenden wir Floskeln wie: „Ich bekomme gleich eine Panikattacke oder einen Herzstillstand“ nur zum Spaß – wenn wir uns über irgendetwas oder jemanden besonders ärgern. Aber glaubt mir, wenn aus Spaß Ernst wird, hat man sich das SO nicht vorgestellt.

Meine erste bewusst wahrgenommene Panikattacke hatte ich im Alter von 20 Jahren. Ich fuhr mit meinem damaligen Freund gemeinsam auf der Autobahn. Bis Dato hatte ich nie Probleme mit dem Autofahren. Auch keine Probleme, wenn es mal ein bisschen schneller zuging, als gewöhnlich oder erlaubt. Ich weiß bis heute nicht genau, warum ich ausgerechnet in diesem Augenblick Panik bekam, aber ich weiß, dass damit alles anfing.

Ich war die Beifahrerin, er tippte am Handy eine SMS und schon ging's los. Mir wurde urplötzlich richtig, richtig übel. Ich zitterte und bekam Herzrasen. Ich hatte das Gefühl, zu ersticken oder gleich ohnmächtig werden. Je länger die Panik andauerte, desto mehr Angst bekam ich. Wir hielten am Seitenstreifen an und schnell war klar, dass ich nicht umkippen würde und mich auch nicht übergeben musste. Es fühlte sich dennoch so an, als wäre etwas ganz und gar nicht in Ordnung. Die Situation war neu für mich, ich fühlte mich hilflos, denn nichts half. Auch mein Herzrasen blieb vorerst. Als wir die Fahrt fortführten, saß ich wie gelähmt im Auto. Ich hatte schreckliche Angst davor, dass es mir gleich wieder so schlecht gehen würde.

Die darauffolgenden Tage hatte ich dann immer wieder das Gefühl, gleich ohnmächtig zu werden. Eine Panikattacke hält nicht ewig an, die Gedanken daran allerdings schon. Und das ist das Problem. Während der Körper sich nach Minuten oder spätestens einer Stunde erholt, kursieren im Kopf schon die wildesten Spekulationen. „Habe ich ein Herzproblem? Habe ich eine andere schlimme Krankheit? Werde ich jetzt sterben?“ – gerade die letzte Frage bestimmt dann oft dein Leben. Zumindest war es bei mir so.

Wir waren zu Besuch bei Verwandten meines Ex-Freundes, genießen konnte ich die Tage aber leider nicht. Meine Gedanken überschlugen sich. Ich konnte mich über nichts freuen, denn ständig kamen mir diese schlimmen Minuten wieder in den Sinn.

Als wir wieder zu Hause waren, ging ich ins Krankenhaus in die Notaufnahme. Jeder, der eine Panikattacke mal erlebt hat, wird mir zustimmen: Es ist so schrecklich beängstigend, dass man sich einfach Hilfe holen muss. Mir wurde Blut abgenommen, EKG, die ganze Prozedur - es war scheinbar alles in Ordnung. Doch wie konnte das sein?

Ausgelöst von dieser winzigen Situation vermehrten sich die Panikattacken in den nächsten Tagen und Wochen. Ich bin generell ein sehr wissbegieriger Mensch und muss alles, was ich nicht verstehe, in Erfahrung bringen. Klar, heute ist die einfachste Methode sich Wissen anzueignen eindeutig das World Wide Web. Dass das keine so gute Idee ist und Ängste eher bestärkt, darüber hatte ich mir nicht so viele Gedanken gemacht. Anfangs reagierte mein Körper nur beim Autofahren, aber nach und nach wurden die Situationen häufiger und differenter. Ich konnte nirgendwo mehrhingehen, wo sich viele Menschen auf einmal aufhielten. Ob Kino, Kirmes, Stadtfeste – sofort überkam mich wieder dieses Gefühl. Ich fing an zu zittern oder mir wurde schlecht, schwindelig und ich dachte ständig, das Bewusstsein zu verlieren.

Am schlimmsten war der soziale Druck: „Was passiert, wenn ich jetzt hier umkippe? Lachen die anderen mich aus? Übertreibe ich? Schaffe ich es heil aus der Sache raus? Und was denken die anderen von mir?“ Die Angst vor der Angst schränkte mich zunehmend ein. Egal, wo ich hinging und egal, wie ich mich fortbewegte (Auto, Zug, Flugzeug), die Angst war mein ständiger Begleiter. Sogar in schönen Momenten, in denen es mir eigentlich gut gehen sollte (z. B. Urlaube). Die ganze Situation belastete damals auch zunehmend meine Beziehung. Es ist schwierig immer Ausreden zu erfinden, warum man dieses oder jenes nicht machen möchte. Und noch schwieriger ist es natürlich, die Wahrheit zu sagen. Es ist ein Teufelskreis.

Zufälligerweise hatte ich damals einen Kommilitonen, der etwas Ähnliches durchmachte – allerdings in einem (meiner Meinung nach) schlimmeren Ausmaß. Egal, ich hatte also schon mal von dieser Angststörung gehört und fokussierte mich bei meinen Recherchen dann darauf. Nun wusste ich also, dass es eventuell nichts Körperliches, sondern wirklich eine psychische Ursache haben kann. Ich erforschte Panikattacken und eignete mir so viel Wissen an, wie es irgendwie ging.

Daraufhin fing ich schließlich an, mir bewusst zu machen, dass die Angst nur in meinem Kopf existiert und nicht wirklich real ist. Ich wollte zu keinem Therapeuten und ich wollte so auch nicht leben. Also versuchte ich mir bei jeder Situation einzureden, dass es mir gut ging. Ich setzte kleine Ziele und unternahm kleine Schritte. Natürlich ging nicht alles wieder auf einmal, aber nach und nach konnte ich mehr Herausforderungen annehmen. Ich konzentrierte mich teilweise vorher auf Fluchtwege und informierte auch einige Freunde darüber. Verständnis von der Umwelt ist ein essenzieller Bestandteil der Heilung.

Ich kann mich nicht mehr ganz genau erinnern, wann die Panikattacken aufhörten, aber ich weiß, dass es unter anderem mein starker Wille war, der mich da rausgebracht hat. Ich habe damals oft überlegt, mir professionelle Hilfe zu suchen, doch letzten Endes habe ich das aus verschiedenen Gründen nicht wahrgemacht.

Zum Einen war ich zum damaligen Zeitpunkt in der Familienversicherung bei meinen Eltern krankenversichert. Da wir privatversichert waren, ging jede Arztrechnung an eines meiner Elternteile. Ich habe eine sehr enge Bindung zu meiner Familie, aber dennoch war diese Hemmschwelle einfach zu groß.

Angststörungen oder akute, nicht normale Angstzustände zu verstehen kann etwas sehr Schwieriges sein. Ich würde Menschen, die Probleme damit haben, niemals Vorwürfe machen. Gerade ältere Generationen kennen solche Sorgen nicht bzw. in einem anderen Ausmaß mit anderen Auswirkungen. Ich denke, dass früher zu Kriegszeiten oder auch danach über viele Dinge geschwiegen wurde. „Das war eben so." Viele Menschen begreifen psychische Krankheiten nicht als Krankheit.

Therapeuten sind ja auch heute (leider) häufig immer noch sehr verrufen. Ich dachte zum Beispiel auch, dass das in meiner Akte auftauchen würde und ich wollte eine Beamtenlaufbahn (Lehrerin) einschlagen. Ich stellte mir also auch die Frage, ob es sich „lohnen" würde, das Risiko einzugehen und dadurch vielleicht meine Karriere für immer zu beenden.

Zum Anderen war ich auch sehr bequem oder faul. Ich hab schon mal nach geeigneten Praxen gesucht, aber es irgendwie nie umgesetzt. Vielleicht auch, weil ich dann hätte anrufen müssen. Ich dachte, und denke heute immer noch oft, dass sich Probleme von alleine wieder lösen würden. Dass das letzten Endes nicht der Fall war, kannst du im weiteren Verlauf des Buches lesen. Ich habe eigene Mittel und Wege gefunden, um selbst mit der Angst umzugehen.

Allerdings hat mich meine Mühe und der „Sieg" über die Angst damals nicht vor der zweiten Welle bewahrt. 6 Jahre später fingen die Panikattacken wieder an. Diesmal aber auf einer anderen Ebene. Die Angst bzw. Panik kam nicht plötzlich, so wie damals, sondern schlich sich langsam in mein Leben. Ich glaube, dass ich zwischendurch keine Probleme mit dem Autofahren hatte. Zumindest nicht, wenn ich Menschen vertraute. Es blieb natürlich immer ein bitterer Beigeschmack, denn schließlich war das damals mein Triggerpunkt, doch nun in einem auszuhaltenden Maß.

Das änderte sich im Laufe des letzten Jahres leider wieder. In immer mehr Situationen bekam ich Angst oder vermutete, gleich eine Panikattacke zu erleiden. Diesmal oft nur von einem schnellen Herzschlag begleitet. Die Situationen nahmen zu, ich dachte wieder öfter über diverse Fluchtmöglichkeiten nach. Ich versuchte Fahrstühle zu meiden, zumindest, wenn ich allein fahren müsste, und ging auch nicht mehr so gerne durch große Menschenmassen. Aber nie so schlimm wie damals. Mir wurde nicht gleich übel, irgendwas war anders. Die Angst kam viel langsamer, aber dafür kroch sie in jeden Zentimeter meines Lebens und meiner Gedanken.

Ich hatte auch mehr körperliche Beschwerden und mir war jetzt wirklich bewusst, dass das psychisch bedingt sein kann. Das änderte nichts an der Tatsache, dass ich mit der ständigen Angst zu sterben, lebte. Auch einen spezifischen Auslöser gab es nicht wirklich. Jedoch war ich zu der Zeit an einem Punkt in meinem Leben, an dem ich alles infrage stellte. Ich brach mein Studium ab und war im Allgemeinen unglücklich und unzufrieden. Rückblickend betrachtet, denke ich, dass das der Grund war.

Ich wusste nicht wohin, mit mir. Viele Menschen aus meinem engeren Umfeld waren enttäuscht von mir. Ich meine, ich bin 27 Jahre alt und habe noch nicht sonderlich viel in meinem Leben erreicht. Heute weiß ich, dass das nicht stimmt. Doch ich musste erst lernen, selbst an mich zu glauben und dass meinen eigenen Weg zu gehen, nichts Falsches ist.

Aus meinen damaligen Panikattacken hatte sich nun eine Art generalisierte Angststörung entwickelt. Ich hatte keine typischen Panikattacken, wie ich sie damals hatte. Genauso wie ich hatte sich auch meine Angst in den 6 Jahren verändert.

Ich malte mir nun bei allen Situationen stets das Schlimmste aus – und mein Körper reagierte darauf. Ich hatte oft Herzstechen oder zumindest dachte ich das. In einer Nacht war es so schlimm, dass ich nicht schlafen konnte. Ich dachte wahrhaftig, einen Herzinfarkt zu erleiden und zu sterben.

Also ging ich zum Arzt. Mir wurde bestätigt, dass mit meinem Herzen alles okay sei. Ich hatte ein paar kleinere körperliche Befunde (harmlose Sachen wie Sodbrennen), aber nichts Lebensbedrohliches. Alle Testergebnisse waren so weit in Ordnung. Doch dann ging ich nur noch zu Ärzten, denn ich glaubte ihnen nicht. Ich konnte nicht glauben, dass es mir körperlich gut ging, wo ich doch ständig Beschwerden hatte. Die Symptome reichten von dauernden Magenschmerzen, Kopfschmerzen, Übelkeit bis hin zu Herzrasen und Herzstechen und natürlich schreckliche Angst zu sterben.

Ein weiterer Unterschied zu damals war, dass ich viel offener darüber redete. Ich war auch kurz davor, mir therapeutische Hilfe zu holen. Ich finde, das nicht schlimm und meine Freunde auch nicht. Aber ich wollte es erst selbst versuchen, mich aus dieser misslichen Lage zu befreien.

Da ich früher schon mal an Panikattacken litt, wusste ich nun um die Möglichkeit, dass die Beschwerden daher rühren könnten. Trotzdem kamen die Gedanken, an einer schlimmen Krankheit zu leiden, immer wieder. Ich kämpfte dagegen an. Sobald Panik aufkam, versuchte ich bewusst zu atmen, um meinen Puls zu kontrollieren. Puls kotrollieren wurde bei mir schon fast krankhaft. Immer, wenn er nicht der Norm entsprach, machte ich mir Gedanken um meine Gesundheit.

Ich vermied für mich nervenaufreibende Situationen. Das Problem war: es gab zu viele davon. Aufgrund dessen blieb ich oft zu Hause. Wobei ich auch da mit der Angst kämpfte. Allein zu sein war für mich sehr, sehr schlimm. Als ich mit dem Zug fuhr zum Beispiel, malte ich mir aus, dass mich niemand retten könnte. Wenn mir irgendwo, zwischen zwei Städten, etwas passieren würde, wie schnell wäre Hilfe da? Es war wirklich eine schlimme Zeit für mich. Mir waren vor Angst so oft die Hände gebunden.

Vielleicht kennt ihr das: Man hat auch oft das Gefühl, keine Kontrolle mehr zu haben – oder schlimmer, als wäre man gar nicht wirklich anwesend oder würde das Leben eines anderen leben. So ging es mir jedenfalls sehr oft. Und ich wollte mein Leben wieder zurück haben. Also versuchte ich, die Kontrolle zurückzugewinnen, indem ich mir 5 greifbare Dinge suchte: „Was kann ich anfassen? Was kann ich sehen? Was kann ich hören? Was kann ich riechen? Was kann ich schmecken?“ – das beruhigt ungemein und gibt dir den Sinn für deine Umgebung zurück.

Ich bin mir der Panik in dem Moment durchaus bewusst. Die meisten Symptome entspringen nur meiner eigenen Angst und dann bilde ich mir immer ein, dass dies oder das passiert. Psychosomatisch sozusagen. Ich weiß aber, dass mit mir alles okay ist, also fokussiere ich mich darauf. Es bedarf einiger Übung, seine Gedanken immer in eine positive Richtung zu lenken, aber es ist definitiv machbar. Auch geholfen hat mir ein geregelter Tagesablauf. Durch meinen Umbruch in vielen Lebensbereichen hatte ich keine festen Zeiten mehr. Also versuchte ich immer zur selben Zeit ins Bett zu gehen und immer zur selben Zeit wieder aufzustehen oder einfach feste Rituale einzuführen. Ein Ritual davon war zum Beispiel mir abends To-do-Listen zu schreiben und mich so auf den nächsten Tag vorzubereiten / zu freuen.

Oft geht mit einer Angststörung auch eine Schlafstörung einher. Bei mir war das der Fall. Also hielt ich mich an mein Ziel, mindestens eine Stunde vor dem Schlafengehen mein Handy beiseite zu legen. Oder aber vor dem Schlafengehen einen Kamillentee zu trinken. Ich habe mir Zeit nur für mich eingeräumt, in der ich gelesen habe. Ich suchte mir neue Aufgaben, denn ohne „Sinn“ im Leben fällt das Aufstehen schwer. Sport, insbesondere Yoga, hat ebenfalls zu einer Verbesserung meiner Situation beigetragen. Beim Yoga habe ich unter anderem gelernt, mehr auf meinen Körper zu hören und bewusster zu atmen.

Ich habe auch angefangen, mehr auf mich selber zu hören und nur Dinge zu machen, auf die ich wirklich Lust hatte. Das ist für mich ein ständiger Prozess, denn im Wesentlichen möchte ich immer, dass es allen Menschen um mich herum gut geht. Dafür ist mir nichts zu schade, auch ich selbst nicht.

Um eine vollständige Heilung zu erzielen, bedarf es aber einer Selbstreflexion. Das ist mit 5 Minuten nachdenken natürlich nicht getan. Den genauen Ursprung auszumachen und daran zu arbeiten, ist sehr wichtig.

Den genauen Auslöser meiner Angststörung kann ich nur erahnen, ich weiß aber, dass es viele verschiedene Faktoren sind. In meinem Fall aber keine Vererbung, sondern eher eine Verkettung von Umständen und Erlebnissen in meiner Kindheit und Jugend. Auch heute habe ich oft das Gefühl, es Menschen nicht recht machen zu können oder viel für andere anstatt für mich selbst zu leben. Das Gefühl nicht gut genug zu sein oder Ähnliches kenne ich ebenfalls. Doch inzwischen habe ich gelernt, damit umzugehen. Ich kann meine Gedanken kontrollieren und damit meine Ängste in Schach halten.

Ich möchte nicht lügen, ab und zu kommen die Gedanken an die Angst wieder zurück. Das ist dann wieder die Angst vor der Angst. Aber ich möchte behaupten, dass ich das mit einigen Schritten in den Griff bekommen habe. Und darauf bin ich sehr, sehr stolz! Ich weiß, dass das ein langer Weg sein kann. Ich möchte euch mit meiner Erfahrung helfen und ermutigen, dass auch ihr es schaffen könnt. Vor allem aber sollte dieses Thema enttabuisiert werden und euch klarmachen: Schämt euch nicht dafür! Ihr seid nicht allein auf der Welt!

Teil 3

Fünf Wege aus der sozialen Phobie

„Keine Angst! Denn das, was du jetzt bist, ist nicht, was du für immer sein musst."

Casper

Wenn du dich mit den Erklärungen oder wenigstens einigen Punkten daraus identifizieren konntest, dann leidest du aller Wahrscheinlichkeit nach an einer Sozialphobie und / oder Panikattacken. Was jetzt? Die Behandlung zielt im Wesentlichen darauf ab, dass du danach wieder ein normales Leben führen kannst. Entweder werden deine Ängste dabei vollständig besiegt oder du lernst zumindest einen Weg, damit souveräner umzugehen.

Während Therapeuten sich auf kognitiveoder anderer Verhaltenstherapien oder eine medikamentöse Behandlung berufen, zeige ich dir 5 Wege auf, wie du es auch aus eigener Kraft schaffen kannst. Ich selbst bin diese Schritte gegangen und kann sie dir mit gutem Gewissen weiterempfehlen.

Weg 1: Selbstreflexion – Reduktion negativer Gedanken

Selbstreflexion

„Den größten Fehler, den man

im Leben machen kann, ist,

immer Angst zu haben, einen

Fehler zu machen.“

Dietrich Bonhoeffer

Um ein Problem zu lösen, muss das Problem als solches anerkannt werden. Du solltest dir jetzt wirklich bewusst machen, dass du mit gewissen Dingen Schwierigkeiten hast. Erst wenn du das erkennst, kannst du dementsprechend handeln. Wenn du davor die Augen verschließt, verbrauchst du zu viel Energie für den Kampf gegen die Realität.

Die Selbstreflexion ist ein erster, wichtiger Schritt in Richtung normales Leben. Dabei ist es nicht nur verständlich, sondern auch nützlich unzufrieden zu sein. Wärst du glücklich, so wie es ist, würdest du vermutlich nichts an deiner Situation ändern. Es ist wichtig, seine Angst zu akzeptieren und vor allem auch Stellung zu beziehen.

Um dich selbst zu reflektieren, brauchst du Ruhe. Der Alltag ist oft voll von Terminen, Verpflichtungen und Stress. Damit du dich mit deinem Inneren beschäftigen kannst, brauchst du aber Ruhe und Entspannung. Du solltest dir dabei außerdem ausreichend Zeit lassen. Du wirst Geduld beweisen müssen, denn sich vollständig selbst zu reflektieren, ist ein langwieriger Prozess, der nur schrittweise zu absolvieren ist. Sieh es wie ein großes Puzzle und jedes Puzzleteil ist eine neue Erkenntnis, die dir hilft, dich besser kennenzulernen und deine Probleme und Schwierigkeiten zu benennen.

Oft hilft es, auch anderen von deinen Ängsten zu erzählen. Ähnlich wie beim Lernen in der Schule. Mir ging es meistens so, dass ich zum Beispiel in der Schule etwas besser verstanden habe, wenn ich es meinen Mitschülern nochmal erklärt habe. Wahrscheinlich haben deine Familienangehörige und engsten Freunde sowieso schon eine Ahnung von deinem Zustand. Wenn du dich erst einmal jemandem Bestimmten mitteilen möchtest, dann mach dazu am besten einen Termin aus und kündige im Vorfeld schon an, dass du etwas Wichtiges zu sagen hast. So hast du die Kontrolle über die Situation und den Ort des Geschehens. Wenn du zu nervös bist, kannst du deine Gefühle auch aufschreiben. Teile deine tiefsten Gedanken und hilf anderen Menschen, deine Situation zu verstehen und vor allem hilf dir selbst damit.

Übung: Erstelle eine Angst-Skala

Reflektiere die Umstände, in denen du Angst empfindest vor allem der Ort und die Zeit spielen dabei eine Rolle. Die gefürchteten Situationen werden anschließend in eine hierarchische Reihenfolge gebracht. Die Skala beginnt bei wenig und endet bei stark angstauslösend.

Beispiel:

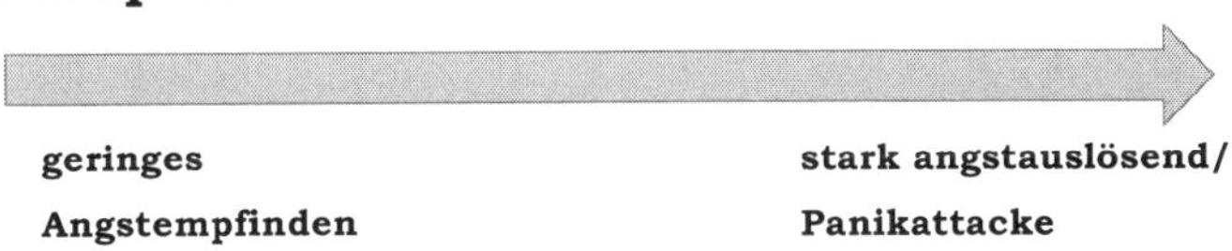

Du gewinnst ein Stück Kontrolle zurück und machst die Angstsituation so berechenbar.

Ordne jede Situation mithilfe von Pfeilen oder Blasen an der Skala ein. Wirklich wichtig dabei ist, dass du das schriftlich machst, um deine Einschätzungen später zu bewerten.

Übung: Bestimme deine Angstgedanken

Stell dir dabei folgende Frage: Vor was genau habe ich Angst?

Hier sind einige Dinge, vor denen du dich in sozialen Situationen fürchten könntest:

- der Gesprächsstoff geht dir aus
- dein Gegenüber findet dich langweilig oder interessiert sich nicht für dich
- du sagst etwas „Falsches“, wirst ausgelacht, belächelt oder bemitleidet
- du gehst jemandem auf die Nerven oder wirst nicht akzeptiert bzw. beachtet.
- wenn du dich zu einer Gruppe gesellst, finden sie dich komisch

Schreibe so viele Überlegungen wie möglich auf, die dich belasten oder einschränken

Übung: Selbstreflexion mit Morgenseiten

Morgenseiten kann man mit dem Führen eines Tagebuches vergleichen. Du schreibst dafür einfach immer morgens eine festgelegte Anzahl von Seiten. Du kannst alles aufschreiben, was dir einfällt. Der Unterschied zu einem Tagebuch: Du schreibst sozusagen, ohne darüber nachzudenken – also auch ohne Punkt und Komma. Wenn du dir zum Beispiel 3 Seiten als Ziel setzt und auf Seite 2 nicht weiterkommst, wiederholst du das zuletzt geschrieben Wort so lange, bis es wieder weiter geht.

Beim Schreiben der Morgenseiten kommen viele interessante Erkenntnisse über dich selbst zutage. Beobachte deine Fortschritte regelmäßig. Es bedarf natürlich einer Selbstdisziplin, doch auch das kann von Vorteil sein: Du bleibst an etwas dran und gibst nicht auf.

Reduktion negativer Gedanken

„Mit deinen Gedanken formst

du die Welt.“

Buddha -

Ein weiterer Schritt ist es, deine negativen Gedanken zu erkennen und zu reduzieren. Menschen verbringen wahnsinnig viel Zeit in ihrem eigenen Kopf. Sorgen und Ängste wegen der Zukunft, Ereignisse aus der Vergangenheit und Fokus auf die Teile des Lebens, die unzufrieden machen schwirren, tagein tagaus, dort oben herum.

Unser Verstand hat kluge Möglichkeiten, uns von Dingen zu überzeugen, die nicht der Wahrheit entsprechen. Wenn du die Gedankenverzerrungen erkennst, kannst du auch lernen mit ihnen umzugehen. Das typische Schwarz-Weiß-Denken zum Beispiel lässt dich eine Situation immer nur aus einem Blickwinkel sehen. Es gibt nur ein Extrem oder das andere.

Eine andere negative Denkweise ist, wenn du immer denkst, Schuld zu sein. Beispiel: Du lächelst einen Bekannten an und dieser lächelt nicht zurück. Du denkst sofort, dass es deine Schuld wäre und du etwas getan hast, um diesen Menschen zu verärgern. Es ist jedoch viel wahrscheinlicher, dass die Person einfach einen schlechten Tag hat.

Durch Filterdenken wiederum nimmst du nur die negativen Seiten einer Situation wahr.

Oftmals siehst du dich auch viel zu selbstkritisch und hast vielleicht so hohe Anforderungen, dass du diesen gar nicht gerecht werden kannst. Ich weiß, wovon ich rede. Du denkst, dass dich andere für unfähig halten oder gar dumm, aber lass mich dir sagen: Was sich in deinem Kopf abspielt, entspricht nicht automatisch der Realität. Negative Gedanken hindern dich daran, Erfahrungen zu machen und lenken dich vom Wesentlichen ab. Du verschwendest wertvolle Energie darauf, schlecht zu denken und befeuerst somit deine Angststörung.

Du kannst lernen, dich von negativen Gedanken zu trennen.

Mithilfe von gezielten Übungen kannst du negative Denkmuster durch positive Gedanken ersetzen.

Übung: Werde die Angstgedanken los

Das vorherige Erkennen eines negativen Gedanken ist bei dieser Übung das Wichtigste.

Beispiel eines negativen Gedanken: „Ich werde ausgelacht.“

1. *Erkennen*

2. *Akzeptanz*
   Versuche die negativen Gedanken zu akzeptieren, anstatt dagegen anzukämpfen. Gegen etwas kämpfen erzeugt nur Druck und führt letzten Endes zu nichts. Tauchen die negativen Gedanken auf, dann beurteile diese nicht, bemerke sie bloß. Ein Gedanke ist ein Gedanke, erst durch deine Bewertung wird er positiv oder negativ. Nimm den negativen Gedanken nicht so ernst. Du solltest dich aber nicht verurteilen, wenn du dich dennoch selbst dabei erwischst. Es gibt hier kein richtig oder falsch, nur das Bewusst-werden zählt.

3. *Hinterfragung*
   Nachdem du den Gedanken wahrgenommen hast, hinterfragst du ihn detailliert. Dazu stellst du dir folgende Fragen:

a. Stimmt dieser Gedanke?
b. Gibt es auch andere Wahrnehmungen?
c. Welche Punkte kann ich finden, dass dieser Gedanke blödsinnig ist?

Anhand des Beispiels fragst du: „Stimmt es wirklich, dass ich ausgelacht werde, wenn ich mich in die Öffentlichkeit traue? Okay, vielleicht wurde ich mal ausgelacht, weil mir etwas Witziges passiert ist, aber oft genug bzw. in normalen alltäglichen Situationen werde ich nicht belächelt.“

4. *<u>Gegengedanken erzeugen</u>*
Denke an ein Ereignis, in dem du nicht ausgelacht wurdest.
„Vor einigen Monaten oder Jahren bin ich mal hingefallen und Menschen haben über mich gelacht. Ich erinnere mich aber noch gut daran, dass ich dafür Situation XY mit Menschen mit Bravour gemeistert habe und bin darauf sehr stolz.“
Wenn du ein mentales Bild in deinem Kopf formst, wie du eine Sache richtig gut machst, dann kannst du die negativen Gedanken ebenfalls umwandeln.

5. *Anwendung im Alltag*
   Wenn der alte Gedanke wiederkehrt, nimm ihn an und nimm ihn nicht so ernst. Das gelingt nicht immer, aber immer öfter, je mehr du übst. Mit der Zeit reflektierst du derartige Gedanken schneller und findest sofort passende Gegenbeweise. Und das Wichtigste: Du trittst ihnen lockerer gegenüber und nimmst sie nicht so ernst!

Übung: 2-für-1-Übung

Diese Übung hilft dir dabei, Angstzustände zu stoppen, die durch negative Gedanken verursacht werden.

Ziel der Übung ist es, negative Gedanken und Bilder zu ändern, um den Angstzyklus zu ändern. Du nimmst sozusagen eine Änderung im bewussten Teil deines Geistes vor und kannst so deine Reaktionen neu programmieren. Diese Methode bedarf viel Zeit, da es einiges an Arbeit braucht, um Gewohnheiten auf bewusster Ebene zu ändern.

Wichtig zu verstehen ist dabei, dass deine eigenen Gedanken körperliche Reaktionen hervorrufen. Wenn du dir zum Beispiel vorstellst, in etwas Saures zu beißen, produzierst du mehr Speichel. Obwohl es kein „echtes“ saures Lebensmittel gab, war die Reaktion die gleiche.

1. Erstelle eine Liste mit allen negativen Gedanken, die dir durch den Kopf gehen und schreibe diese auf. Was verursacht bei dir Stress und ruft unangenehme Emotionen hervor?
2. Finde für jeden negativen Gedanken zwei positive Gedanken
3. Die Verwendung der neuen positiven Gedanken hilft dir, negative Gedankenmuster zu durchbrechen. Negative Gedanken können andere negative Gedanken anziehen. Somit entsteht ein Teufelskreis. Durch das Erkennen dieser Gedanken kannst du den Prozess anhalten und korrigieren.
4. Merkst du eine körperliche Reaktion wie Magen oder Kopfschmerzen, Enge-Gefühl etc. denke daran, dass es immer einen Auslöser dafür gibt. Frage dich welcher.
5. Jedes Mal, wenn sich nun ein negativer Gedanke durch deinen Geist bewegt, ersetze ihn durch 2 positive. Achte darauf, dass die positiven Gedanken glaubwürdig sind. Wenn du dir sagst, dass alles in Ordnung ist und dich nicht so fühlst, glaubst du es auch nicht. Sag stattdessen: „Ich übernehme die Kontrolle und es wird sich bessern."

6. Immer, wenn du dich bei einem negativen Gedanken erwischt, denk dir ein großes rotes STOPP SCHILD und sage dir selbst zwei positive Gedanken, die du zuvor niedergeschrieben hast.

Beispiel:

1. Ich muss in zum Einkaufen in einen vollen Supermarkt und dabei starren mich alle an
2. Mich starrt niemand an und selbst wenn, macht es mir nichts aus – oder es ist, weil ich heute eine schöne Frisur habe
3. Ich denke nur daran, dass alles gut geht und mich niemand anstarrt. Und wenn ich jemanden dabei sehe, ist das völlig in Ordnung. Die Person bewertet mich nicht.
4. Ich bekomme Herzrasen, weil ich das Gefühl habe, beobachtet zu werden
5. Ich habe die Kontrolle darüber und es wird gleich besser. Ich habe es gleich geschafft und bin heil durch die Situation gekommen
6. Ich muss zum Einkaufen in einen vollen Supermarkt ..... STOPP! Dieser Gedanke ist negativ. Ich muss zwar in einen vollen Supermarkt, aber niemand wird mich beurteilen oder anstarren

Weg 2: Selbstvertrauen

„Selbstvertrauen gewinnt man dadurch, dass man genau das tut, wovor man Angst hat, und auf diese Weise eine Reihe von Erfahrungen sammelt."

Dale Carnegie -

Sind wir doch mal ehrlich: Wir alle brauchen ab und zu einen echten Vertrauensschub. Vielen Menschen mit einer sozialen Phobie mangelt es jedoch enorm an Selbstbewusstsein. Wenn unser Selbstwertgefühl gering ist, betrachten wir uns häufig als wertlos oder unwichtig. Der Druck kann von uns selbst kommen (wir wollen perfekt oder erfolgreich sein) oder aber von der Gesellschaft (wir haben Angst vor dem Scheitern oder vor anderen Menschen dumm auszusehen). Bei mangelndem Selbstbewusstsein vergleichen wir uns ständig mit Menschen die scheinbar interessanter, schöner oder intelligenter sind und meiden diese. Dadurch entsteht ein Kreislauf, in dem wir uns als mangelhaft betrachten und stets nach Fehlern suchen, anstatt unsere positiven Seiten zu schätzen.

Echtes Selbstvertrauen ist das Resultat von mehreren positiven Erfahrungen im Verlauf unseres Lebens. Da Menschen mit einer sozialen Angststörung aber nicht sonderlich viele gute Erfahrungen gemacht haben, ist das Selbstwertgefühl geschwächt.

Wenn es nun darum geht, sich fast hoffnungslosen Herausforderungen zu stellen, dann kann ein gesundes Selbstvertrauen dir dabei helfen. Die gute Nachricht ist, dass du dieses Schritt für Schritt aufbauen kannst, sodass du in kritischen Situationen (Menschenmengen, Gesprächen etc.) oder bei schwierigen Herausforderungen auf deine Fähigkeiten bauen kannst. Die „schlechte" Nachricht ist: Wahres Selbstbewusstsein kann nicht über Nacht kommen aber eventuell nach 2 Nächten?!

Um aus diesem Teufelskreis aus Angst und Vermeidung sozialer Kontakte auszubrechen, kannst du mit einigen Übungen dein Selbstbewusstsein stärken.

Übung: Kleine Ziele setzen

Zunächst einmal ist wichtig, kleine und leicht erreichbare Ziele zu setzen. Immer, wenn du eine Etappe gemeistert hast, dann belohne dich selbst für deine Leistung. Um die Ziele zu konkretisieren, kannst du eine Liste schreiben. Nun kannst du die Punkte, die du schon abgearbeitet hast, durchstreichen und deinen Erfolg feiern und genießen.

Beispiel:

Meine Ziele

1. Spazieren gehen (an Orten, an denen wenig Menschen sind)
2. Spazieren gehen (in der Stadt oder im Park – viele Menschen)
3. Einen Menschen anlächeln
4. Einem Menschen „Hallo“ sagen
5. ....

Übung: Lückentext

Durch Schreiben verinnerlichen wir viele Dinge. Das Gehirn kann sich aufgeschriebene Sachen einfach leichter merken. Ziel dieses Textes ist es, dass du mit der Zeit immer positivere Antworten sehen kannst. Nach ca. 2 Wochen kannst du deine Ergebnisse das erste Mal überprüfen bzw. vergleichen. Das Ausfüllen kann dir hilfreiche Einblicke über dich selbst geben. Was macht dich glücklich und was unglücklich?

Nimm dir jeden zweiten Tag 5-10 Minuten Zeit, folgenden Lückentext auszufüllen:

Ich wollte schon immer mal ____________________. Mein größter Traum ist es, eines Tages ________________. Speziell diese Woche würde ich so gerne ________________ machen. Ich würde jedoch nie __________________. Oft freue ich mich auf ________________, aber insgeheim habe ich Angst vor ______________________. Ich liebe es, wenn __________________, doch wütend werde ich, wenn _____________________. Ich bekomme meine Kraft von _____________________ und eine Person, ohne die ich nicht leben könnte, ist ________________. Ich habe mich großartig gefühlt, als ___________________________.

Etwas, das ich heimlich mache___________________________. Es fällt mir schwer zuzugeben, dass ___________________________.

Übung: Dankbarkeitstagebuch

Tagebuch führen kann in vielen Situationen sehr hilfreich sein. Du lernst dabei, über deine eigenen Gedanken und Gefühle nachzudenken und somit mehr Verständnis für dich selbst aufzubringen. Das wiederum verbessert dein Wohlbefinden und natürlich auch dein Selbstwertgefühl. Durch das spezielle Dankbarkeitstagebuch wirst du außerdem viele

Dinge finden, für die du dankbar bist. Es ist auf positive Empfindungen ausgelegt: Selbst wenn der Tag schwierig war, kannst du dich so an die guten Dinge im Leben erinnern und auch an deine Erfolge.

Auch bei diesem Tagebuch kannst du über einen bestimmten Zeitraum die Entwicklung deiner Emotionen und allgemeinen Ansichten beobachten.

Beispiele:

Drei Sachen, die mich heute glücklich gemacht haben:

Ich war heute stolz auf mich, als:

Heute habe ich folgende Dinge genossen:

Diese zwei Sachen haben mich zur Ruhe gebracht:

Der Höhepunkt meines Tages war:

Meine Familie / Freunde bewundern mich weil:

Meine beste Eigenschaft ist:

Drei bis fünf einzigartige Dinge über mich sind:

Ich freu mich auf:

Fünf Erfolge diese Woche waren:

Drei Sachen oder Menschen, für die ich dankbar bin, sind:

Alternativ kannst du auch selbst einfach jeden Tag zwei Dinge auflisten, für die du dankbar bist.

Übung: Kritische Selbstgespräche

Durch diese Übung kannst du negative Gedanken loswerden. Dieser Herausforderung stehen Menschen mit einer sozialen Phobie häufig gegenüber. Durch deine innere, negative Stimme und die daraus resultierenden kritischen Selbstgespräche, sinkt dein Selbstbewusstsein enorm.

1. Erhöhe dein Bewusstsein für den Kritiker in deinem Kopf. Achte darauf, in welcher Stimmlage das Selbstgespräch stattfindet, wie negativ diese klingt und ob es bestimmte Punkte gibt, die du dir selbst immer wieder sagst.
2. Ergreife Maßnahmen, um deine selbstkritische Stimme zu besänftigen. Versuche dabei den Ton abzuändern und einen positiveren Klang anzunehmen. Habe Mitgefühl und finde dich damit ab, selbstkritisch zu sein. Vielleicht kannst du sogar etwas Positives daraus ziehen und aus dieser Kritik lernen?

Übung: Mache dir Komplimente

Die Übung klingt recht ungewöhnlich und fühlt sich vermutlich anfänglich seltsam an, aber sie ist effektiv an der Steigerung des Selbstwertgefühles beteiligt. Sag mindestens einmal am Tag etwas Nettes zu dir selbst. Am besten machst du das laut oder schreibst es auf.

Beispiel :

„Max, ich mag dich, weil du dich selbst nie aufgibst."

„Du bist inspirierend und einzigartig."

„Max, du bist gut genug."

....

Übung: Komm aus deiner Komfortzone

Probiere etwas Neues aus. Alles, was du mit Leichtigkeit meisterst, ist innerhalb deiner Komfortzone. Jedes Mal, wenn wir uns für einen anderen Weg entscheiden, so winzig die Abweichung auch sein mag, gehen wir einen Schritt aus unserer Komfortzone raus und öffnen eine Tür zu neuen Möglichkeiten. Lass dich von der Angst des Scheiterns nicht lähmen – in erste Linie machst du das für dich selbst. Erwarte nicht zu viel, niemand ist bei neuen Dingen sofort großartig. Gönn dir eine

Pause und gib dein Bestes; sei schon stolz auf den bloßen Versuch.

Bei jedem Mal, wenn du deine Grenze überschreitest, erweitert sich dein Handlungsspielraum. Du musst nicht sofort auf Konzerte gehen oder Vorträge halten. Fang mit Kleinigkeiten an. Du kannst darüber Tagebuch führen und so deine Erfolge manifestieren.

Beispiel :

- ein Gedicht / Referat vor einer Person aufsagen
- einen Tanzkurs besuchen
- in einer Gruppe ein neues Handwerk erlernen (Töpfern, Schreinern etc.)

Übung: Nonverbale Kommunikation verbessern

Die meisten Menschen mit sozialer Angst neigen dazu, eine „verschlossene" Haltung (Arme verschränken) einzunehmen. Oft passiert das automatisch. Das Erlernen einer entspannten Pose (Arme an die Seite) lässt dich zugänglicher wirken und hilft so anderen dabei, positiv auf dich zu reagieren.

Beispiel 1:

Setz dich auf die Couch. Vermutlich sitzt du entspannt und bequem. Anschließend setzt du dich auf einen festen Stuhl – den Küchenstuhl oder einen Schreibtischstuhl. Setz dich auf die gesamte Stuhlfläche (nicht nur auf die vordere Stuhlkante), strecke den Rücken durch und nimm eine aufrechte Sitzposition ein. Du wirst selbst sofort einen Unterschied erkennen. Wahrscheinlich spürst du mehr Energie und wache Aufmerksamkeit. Dann sei dir gewiss: Dein Gegenüber spürt das auch.

Beispiel 2:

Stell dich in einen sicheren Stand, die Füße hüftbreit auseinander. Auf diese Weise kannst du nicht so leicht umgestoßen werden. Lass deine Schultern locker und mach dich etwas breit, hebe den Kopf an und strecke dein Kinn vor. So nimmst du eine sehr selbstbewusste Haltung ein. Du kannst deine Arme aber auch entspannt an deine Hüften legen. Achte immer auf deine Blickrichtung und begegne deinem Gegenüber auf Augenhöhe.

Es gibt auch einige negative Beispiele: Das Überkreuzen von Armen oder Beinen weist immer auf Unsicherheit, Verschlossenheit oder gar Ablehnung hin.

Das sind einfache Übungen, in denen du dir deiner Außenwirkung bewusst werden kannst. Du solltest die Positionen so oft wiederholen, bis sie sich selbstverständlich und natürlich anfühlen.

Übung: Gedanken-Tagebuch für soziale Angststörung

Mithilfe von Gedanken-Tagebüchern kannst du negative Denkstile identifizieren und anschließend ändern. Du lernst, zu verstehen, wie deine Gedanken emotionale Reaktionen hervorrufen.

Wenn du eine gefürchtete Situation aufsuchst, protokolliere diese im Nachhinein

Beispiel:

GEDANKEN TAGEBUCH

Mögliche Situationen:

- Ansprechen fremder Personen (Nach Uhrzeit oder Weg fragen)
- ein Referat halten
- in Menschenmengen gehen (überfüllter Park, volles Café)

Weg 3: Meditation

„Meditation ist eine Methode
um deinen Geist zu trainieren
so zu funktionieren, wie er
funktionieren sollte."

Robin Sharma

Meditation ist leider eine sehr klischeebelastete Praxis. Viele Menschen denken, dass es sich dabei um komplizierten esoterischen Firlefanz handelt, der nicht sonderlich viel Spaß macht. Mal ehrlich: Wer will sich schon minutenlang hinsetzen und nichts tun?! Es kann durchaus schwierig sein, etwas Neues zu beginnen, denn es zwingt uns, die Welt aus einer anderen Perspektive zu sehen. Und Meditation eröffnet dir eine solche neue Perspektive. Als praktisches Instrument erlebt die Meditation jedoch ein Wiederaufleben zur Bewältigung des Lebens und Förderung des individuellen Wachstums. Inzwischen weit verbreitet ist, Meditationstechniken zur Linderung von Stress und Angstzuständen einzusetzen und Panikattacken zu vertreiben. Je öfter wir meditieren, desto weniger Angst haben wir, da wir so neuronale Verbindungen schwächen. Das bedeutet, dass wir dann nicht mehr so stark auf einige Empfindungen reagieren bzw. diese rational betrachten können. Wenn du beispielsweise Schmerzen empfindest, kannst du beobachten wie der Schmerz stärker wird und wieder nachlässt, ohne dabei gleich ängstlich zu werden oder zu denken, dass etwas mit dir nicht stimmt.

Durch die regelmäßige Praxis wird deine Widerstandsfähigkeit gegenüber Stress erhöht. Meditation hilft bei der Verringerung körperlicher Beschwerden (Zittern, Schweißausbrüche, Herzrasen etc.) und bei der Bewältigung schwieriger Situationen. Durch die Technik kannst du bei Bedarf schnell deine Fähigkeiten zur Bewältigung einleiten, denn dein Geist erkennt jetzt die problematischen Erfahrungen frühzeitig. Es ermöglicht dir eine Perspektive, um bessere und schnellere Entscheidungen treffen zu können.

Wenn du lernst zu meditieren, erreichst du einen Zustand der Tiefenentspannung. Deine (negativen) Gedanken und Ängste kommen zur Ruhe und das Durchatmen fällt dir leichter. Durch die erlangte innere Stärke und Klarheit meisterst du Ängste und kannst für dich stressige Alltagssituationen gelassener angehen. Meditation macht dich außerdem selbstbewusster und glücklicher.

Mithilfe von Meditation lässt sich auch das Chaos in deinem Kopf beseitigen. Du lernst alles, was in einem Moment geschieht, mit Freundlichkeit zu betrachten, anstatt der sofortigen Bewertung ausgesetzt zu sein. Chaos fordert stets Aufmerksamkeit, ist immer präsent und hält dein Stresslevel hoch. Durch erhöhten Stress steigt auch dein Angstempfinden. Mit der Ruhe des Geistes durch eine meditative Praxis kann das Chaos umgangen und unterdrückt werden. Wenn wir an einer Stelle loslassen, können wir die Energie für andere Dinge verwenden.

„Jedes Ausatmen ist ein

kleines Loslassen."

Laura Malina Seiler -

Die grundlegende Meditationstechnik

1. Nimm Platz (bequemer Sitz, liegend)
2. Leg ein Zeitlimit fest
3. Beachte deine Körperhaltung (gerader Rücken)
4. Schließe die Augen
5. Fühle deinen Atem (Bauchatmung)
6. Beachte deinen Körper (die Bewegung des Körpers durch die Atmung)
7. Beobachte deine Gedanken – schweifen sie ab, konzentriere dich erneut auf die Atmung

8. Schließe deine Augen

Wenn du noch nie vorher meditiert hast, ist es ratsam, dir einen Timer zu stellen. Gerade für Anfänger vergeht die Zeit oftmals zu langsam oder gar nicht. Stell den Wecker zunächst für 3-5 Minuten. Das ist von begrenzter, überschaubarer Dauer und somit perfekt für den Einstieg. Es ist anfangs prinzipiell normal, währenddessen unruhig zu werden. Versuche dennoch sitzen zu bleiben und bis zum Schluss zu meditieren.

Stecke auch hier wieder kleine, erreichbare Ziele und übernimm dich nicht. Wenn du dir vornimmst, jeden Tag 10 Minuten zu meditieren und es einmal nicht schaffst, dann fühlst du dich sofort wieder schlecht und schuldig. Das ist nicht Sinn der Sache. Meditiere nur dann, wenn du es auch wirklich machen möchtest. Dauer und Häufigkeit bestimmst du. Ich kann nicht leugnen, dass du schnellere Fortschritte erzielst, wenn du jeden Tag meditierst, zwing dich dennoch nicht und lass es langsam angehen.

Neben der Dauer fragen sich viele Menschen auch, wie genau sie sich hinsetzen sollen. Wichtig ist am Anfang vor allem eines: Sitz entspannt und bequem. Es gibt einige Tipps, wie du die richtige Sitzposition einnehmen kannst:

Zunächst einmal setzt du dich auf einen Stuhl, lehnst dich dabei aber nicht an. Dein Rücken sollte stets gerade und aufrecht sein, gleichzeitig aber auch locker und nicht zu angespannt. Stell dir vor, dass du, ähnlich wie eine Marionette, an einem Faden hängst. Dein Kopf wird durch diesen Faden leicht nach oben gezogen, eine kleine Spannung wird aufgebaut. Dein Kinn bewegt sich dabei leicht in Richtung Brustkorb – der Hals und der Rücken bilden nun eine Linie. Lass deine Schultern hängen und leg deine Hände mit den Handflächen nach oben auf deine Oberschenkel.

Anfänglich kannst du trotz dieser recht bequemen Sitzposition nach einiger Zeit eine Anspannung oder einen Druck verspüren. Mach dir darüber keine Sorgen, das passiert häufiger. Wir verbringen viel Zeit in unserem Leben mit krummen Sitzpositionen und haben dadurch eine geschwächte Haltung. Das Sitzen sollte aber zu keiner Zeit zu sehr wehtun. Wenn dieser Fall eintritt, dann setz dich anders hin. Möglich wäre auch, sich im Schneidersitz auf den Boden oder auf ein Kissen zu setzen. Teste, welche Position für dich am besten geeignet ist.

Damit die erwünschte 100 Prozentige Entspannung eintritt, musst du auf eine korrekte Bauchatmung achten. Die Bauchatmung ist im Gegensatz zur Brustatmung generell die gesündeste Form der Atmung. Viele Menschen haben sich das vor allem wegen ästhetischer Gründe abgewöhnt. Wenn du mal kurz drüber nachdenkst oder dich vor den Spiegel stellst, ergibt das auch Sinn: Durch den Bauch zu atmen bedeutet den Bauch „rauszustrecken“. Das wiederum lässt die Menschen denken, sie sähen dicker aus.

Beim Meditieren jedenfalls ist die Bauchatmung entscheidend. Du kannst vor dem Spiegel testen, ob du das richtig machst. Wenn du einatmest, sollte sich dein Bauch nach außen wölben und rund werden und wenn du ausatmest, sollte er sich wieder senken und flach sein. Nicht nur der Bauch ist wichtig, sondern auch die Nase. Durch die Nase zu atmen ist besser als durch den Mund. Solltest du nicht genügend Luft bekommen, kannst du das natürlich flexibel variieren.

Am wichtigsten ist auch hierbei wieder entspannt und locker zu bleiben. Fokussiere dich nicht zu sehr auf die Atmung, denn sonst führt das automatisch zu einer Anspannung. Nach und nach wird sich ein Automatismus einstellen. Meditieren ist eine Technik und diese zu erlernen bedarf, wie alle anderen Techniken, einfach ein bisschen Übung.

Durch das bewusste Atmen, wächst das Gefühl für deinen eigenen Körper enorm. Du befasst dich mehr mit deinem Körper und spürst Verspannungen leichter. Diese Verspannungen solltest du beim Meditieren aktiv fokussieren und dadurch eine Lockerung und Heilung erzielen.

Wahrscheinlich spürst du etwas anderes noch viel mehr als drückende Körperstellen. Auch dein Geist ist empfänglicher, sodass (negative) Gedanken zum Vorschein kommen können. „Was genau mache ich hier gerade? Ich habe doch eigentlich gar keine Zeit für so einen Blödsinn! Oh Mist, ich habe vergessen meine Oma anzurufen und generell noch 100 andere Sachen zu tun." Neben solchen Gedanken können auch Gedanken an schmerzhafte Ereignisse deiner Vergangenheit oder an die nächste stressige Situation (Prüfung, Vortrag, Menschenmengen, Meetings) in den Vordergrund rücken. Auch hier musst du keine Bedenken haben, das ging jedem mal so! Mir ebenfalls!

Für jedes Problem gibt es jedoch eine Lösung. Wenn du merkst, dass sich deine Gedanken in die Meditation einmischen, nimm sie wahr und beobachte sie. Stell dir vor, alle deine Gedanken sind in Wolken „gefangen." Du beobachtest diese Wolken, sie treten in den Vordergrund und du schaust sie dir genau an. Sieh zu, woher sie kommt und wohin sie geht. Denn wie jede andere Wolke zieht auch diese Sorgenwolke wieder vorbei und wird dadurch schwächer. Du kannst dich nun wieder auf deinen Körper und deinen Atem konzentrieren.

Wenn du merkst, dass du dich nicht darauf einlassen kannst und innerlich unruhig bist, dann machst du dennoch alles richtig. Durch Meditation kommt deine innere Unruhe zutage. Du holst diese Unruhe, Stress und Angstgefühle aus deinem Unterbewusstsein hervor und wirst sie auf diese Weise los. Je tiefer du dabei vordringst, desto mehr Negativität kommt an die Oberfläche. Mach dir bewusst, dass du sie auf die Art aus dir herausziehst. Das mag verwirrend klingen, entspricht aber der Wahrheit. Sollten dich die Gedanken aber zu sehr belasten, dann unterbrich die Meditation und mach an einem anderen Tag weiter. Auch das ist keine Schande!

Einige Menschen stellen sich die Frage, welcher Zeitpunkt zum Meditieren am besten geeignet ist. Die Antwort ist einfach: Es gibt nicht „die beste“ Zeit, du kannst jederzeit meditieren. Da du an einer sozialen Phobie leidest, ist Routine in deinem Leben aber von Vorteil. Also leg einen bestimmten Zeitpunkt fest. Empfehlenswert wäre entweder morgens nach dem Aufstehen oder aber abends vor dem Schlafengehen. Zu diesen Zeiten kannst du dein Unterbewusstsein leichter erreichen, da dein Körper und Geist beim Schlafen bzw. davor oder danach zur Ruhe kommen.

„Bei der Meditation geht es nicht um den Versuch, irgendwo hinzugelangen. Es geht darum, dass wir uns selbst erlauben, genau dort zu sein, wo wir sind, und genau so zu sein, wie wir sind, und desgleichen der Welt zu erlauben, genau so zu sein, wie sie in diesem Augenblick ist."

Jon Kabat-Zinn

Übung: Bauchatmung trainieren

Die Bauchatmung zu automatisieren erleichtert dir die Meditation ungemein.

1. Leg dich flach auf den Rücken – am besten auf den Boden oder auf eine dünne Matte
2. Leg einen Gegenstand auf deinen Bauch – achte darauf, dass der Gegenstand nicht zu schwer ist, da du dennoch entspannt atmen sollst. Du kannst ein Buch nehmen, ein Kuscheltier oder ein kleines Kissen

3. Atme ein und beobachte, wie sich der Gegenstand auf deinem Bauch nach oben bewegt
4. Atme aus und sieh, wie sich der Gegenstand wieder senkt

Übung: Atemmeditation

Diese Form von Meditation gilt als Grundlage für einige andere Techniken.

1. Um die Atemmeditation auszuführen, begib dich in deine bevorzugte Sitzhaltung (Stuhl oder Boden).
2. Schließe die Augen und lenke deinen Fokus auf deine Atmung. Du musst nicht in bestimmten Abständen atmen oder irgendwas Besonderes machen. Atme einfach und nimm den Atem bewusst wahr.
3. Spüre, wie er durch die Nase und Luftröhre seinen Weg in die Lungenflügel bahnt; wie sich dein Bauch hebt und dein Oberkörper weitet.
4. Du merkst, wie die Luft gleich wieder den Rückweg antritt und deinen Körper wieder verlässt. Dein Bauch wird wieder eben und dein Brustkorb zieht sich wieder zusammen.

Übung: Visualisierung

Durch Visualisierung benutzt du die Kraft deiner Vorstellung, um dir eine Auszeit zu nehmen. Du kannst einen Kraftplatz schaffen und somit gedanklich verreisen, ohne dich tatsächlich vom Fleck zu bewegen. So lernst du loszulassen, neue Energie zu tanken und dich zurückzuziehen, wenn dir die Welt mal wieder zu beängstigend erscheint.

1. Begib dich wieder in deine bevorzugte Sitzbzw. Meditationshaltung und schließ deine Augen
2. Stell dir einen ganz bestimmten Ort vor; einen Ort, an dem du dich rundum wohlfühlst und Kraft schöpfen kannst. Es spielt keine Rolle, ob du dir den Ort ausdenkst oder ob du schon mal dort warst. Beispiele: ein Strand oder Ufer, eine Waldlichtung, eine Höhle oder eine gemütliche Bibliothek.
3. Nimm so viele Details wie möglich wahr. Welche Geräusche kannst du hören – Vogelgezwitscher oder Meeresrauschen? Welche Gerüche steigen dir in die Nase – riechst du frisch umgegrabene Erde oder salzige Luft? Achte auch auf das Gefühl des Bodens, auf dem du dich befindest. Je genauer du dir deinen Kraftplatz vorstellst, desto besser wirkt die Meditationsübung.

4. Konzentriere dich auf diesen Ort und auf deine Atmung. Spüre, wie du mit neuer Lebensenergie versorgt wirst.
5. Wenn du ausreichend gestärkt bist, kannst du diesen Ort sanft und langsam wieder verlassen.
1. Du kannst jederzeit an deinen persönlichen und geheimen Platz zurückkehren.

Übung: Affirmationen

Bei Affirmationen handelt es sich um kurze bzw. einfache, klar und positiv formulierte Sätze. Während des Meditierens wiederholst du diese laut oder leise und versorgst dein Unterbewusstsein auf diese Weise mit neuen Informationen. Ziel ist es, Blockaden zu lösen, manifestierte Gedankenmuster zu entfernen und diese durch weniger hindernde, inspirierende Gedankenstrukturen zu ersetzen. Wir denken täglich ca. 50.000 Gedanken. Gerade bei sozialen Phobien oder anderen Angststörungen sind diese Gedanken voll von Kritik, Demut, Zweifel und Schuldgefühlen.

Durch Affirmation wirst du statt an der Vergangenheit zu haften, zukunftsorientierter und konstruktiver denken. Es handelt sich um eine sehr wirkungsvolle Art, unser eigenes Verhalten auf eine zielsichere und systematische Ebene zu lenken.

Um das Ergebnis zu erreichen, nimm dir Zeit und mache ein (abendliches) Ritual daraus. Sprich die Sätze nicht nur leise, sondern auch laut, sodass die Wirkung erhöht wird.

1. Denk dir eine Affirmation aus. Benutze anfangs besser kein komplexes Thema, sondern lieber etwas Einfaches, das dich beschäftigt. So erlangst du positive Erfahrungen und Sicherheit. Verstärke die Sätze durch erfreuliche Details und wähle sie so aus, dass du bereits Vorfreude empfindest. Deine Formulierung sollte positive Empfindungen hervorrufen, verzichte auf Verneinungen.

   Beispiele:
   „Ich bin gelassen und entspannt."
   „Ich bin die Ruhe in Person."
   „Ich bin zufrieden."
   „Ich bin ohne Zweifel und ohne Ängste."
   „Ich bin in jedem Augenblick für mein Leben selbst verantwortlich."
   „Ich nehme mir Zeit für die wichtigen Dinge des Lebens."
   „Mein Bewusstsein ist frei und klar."

   Nimm eine entspannte Meditationsposition ein
   Schließe die Augen und konzentriere dich auf deine Atmung

2. Lass deine Affirmationen in die Meditation mit einfließen. Lass deine Gedanken nur um diesen einen Satz kreisen. So wird deine Stimmung beeinflusst.

Versuch auch mal, die Affirmationen niederzuschreiben. Erstens tritt beim Schreiben selbst schon eine verstärkte Wirkung ein und zweitens kannst du die Zettel in deiner Wohnung oder deinem Zimmer befestigen und sie dir somit jeden Tag ins Gedächtnis rufen.

Übung: Erdung

Wie der Name schon sagt, legst du bei dieser Übung dein Augenmerk auf den Boden unter deinen Füßen (oder Rücken). Erdungsmeditation dient dazu, innere Stabilität wiederzuerlangen und Körper und Geist in Einklang zu bringen.

1. Setz dich auf den Boden oder leg dich auf den Rücken.
2. Schließe deine Augen und stell dir vor, wie Wurzeln aus deinem Rücken oder deinen Füßen wachsen. Die Wurzen durchdringen langsam, aber bestimmt den Boden unter dir und durchdringen ohne Probleme auch darunterliegende Stockwerke mühelos. Am Ziel sind die

Wurzeln, wenn sie in die fruchtbare Erde gelangen.

3. Verankere dich nun fest mit dem Boden und spüre die Kraft, die wegen dieser Verbindung durch die Wurzeln und dann durch deinen Körper strömt.
4. Beobachte, wie du ruhiger wirst und immer mehr Energie aufnimmst.
5. Lass deine Wurzeln den Erdboden wieder verlassen. Stell dir vor, wie sie sich wieder aus der Erde zu deinem Körper zurückziehen. Bedenke: Die Kraft der Erde bleibt bei dir.

Weg 4: Angstüberwindung durch Achtsamkeit

„Die beste Weise, sich um die Zukunft zu kümmern, besteht darin, sich sorgsam der Gegenwart zuzuwenden."

Thich Nhat Hanh -

Achtsamkeitstraining für die allgemeine Stressreduzierung dient dazu, ängstliche Gefühle zu minimieren und somit der sozialen Phobie, vor allem aber auch Panikzuständen, entgegenzuwirken. Besonders gut funktionieren Körperübungen. Durch den Fokus auf Atmung oder andere körperliche Schwerpunkte denken wir nicht an die Vergangenheit oder die Zukunft.

Vieles, worüber wir uns Sorgen machen, liegt in der Vergangenheit (Ursachen der psychischen Angststörung) oder in der Zukunft (Angst vor bestimmten sozialen Situationen.) Doch die Vergangenheit ist vorbei und die Zukunft passiert selten so, wie wir sie uns vorstellen. Der einzige Ort, um diesen unguten Gedanken und Gefühle ein Zuhause zu geben und diese zum Leben zu erwecken, ist dein

Kopf. Du opferst also kostbare Zeit und Energie darauf, dir Sachen vorzustellen, die eventuell gar nicht eintreten oder aber dich an Dinge zu erinnern, die im Hier und Jetzt keine Rolle mehr spielen.

Durch Achtsamkeit kannst du lernen mit den vergangenen (traumatischen) Erlebnissen umzugehen und dir weniger Sorgen über die Zukunft zu machen. Nur die Gegenwart ist real und die passiert nur in diesem Moment.

„Wir brauchen nur die Gegenwart zu ertragen. Weder Vergangenheit noch Zukunft können uns bedrücken, da die eine nicht mehr und die andere noch nicht existiert.“

Alain -

Ziel ist es auch, in einem Zustand der Achtsamkeit Frieden zu finden, indem du beobachtest, ohne dabei zu beurteilen. Dieser Frieden entsteht, wenn du deine Energie für Dinge verwendet, die du unter Kontrolle hast.

Die richtige(n) Einstellung(en) spielen eine große Rolle beim Erfolg von Achtsamkeitsübungen zur Überwindung von Angst:

Die Absicht ist die Grundlage, die alle anderen Betrachtungsweisen unterstützt. Dein Wille führt dich auf den achtsamen Weg, auf dem du selbst an dir arbeitest und deine Angst allmählich in mehr Leichtigkeit und Frieden umwandelst. Dein Geist sollte offen sein, damit du Dinge aus einer neuen Perspektive betrachten kannst. Neugierde kann hilfreich sein, da sich so neue Möglichkeiten ergeben, gewohnheitsmäßige Gedanken und Gefühle abzulegen.

Geduld benötigst du, um standhaft gegenüber der Angst zu bleiben und zu merken, dass Momente der Angst mit der Zeit verschwinden.

Durch Nichturteilen nimmst du den gegenwärtigen Moment wahr, ohne diesen zu bewerten. Wenn du Angst empfindest, kann es leicht passieren, simultan dazu eine Urteilsebene zu schaffen. Schaffst du es aus deiner wertenden Denkweise, kannst du klarer sehen und viele Angstquellen verschwinden.

Inmitten starker Angst ist die erste Reaktion oft der Situation zu entkommen oder zu fliehen. Wenn du aber innehältst, ermöglichst du dir selbst die Gelegenheit, deine Erfahrung mit einfließen zu lassen, klarer zu sehen und so eine Reaktion zu wählen. Möglicherweise hast du so auch weniger Furcht vor den körperlichen Empfindungen, negativen Gedanken und Emotionen, die mit Angstzuständen einhergehen.

Eigenständigkeit benötigst du, um inneres Vertrauen aufzubauen. So lernst du, auf dich selbst und auf deine Fähigkeiten zu bauen.

Selbstmitgefühl ist wichtig, um dir selbst kein Feind zu sein. Viele Menschen behandeln andere Menschen viel besser, als sie mit sich selbst umgehen. Durch Mitgefühl für die eigene Person kannst du in schwierigen Situationen und Angst bezogenen Herausforderungen schneller und besser handeln, da du dir hilfst, als würdest du deinem besten Freund helfen.

Die genaue Technik, Angstüberwindung durch Achtsamkeit auszuführen, heißt „Mindfulness Based Stress Reduction“, kurz MBSR, und reduziert Stress nachweislich um durchschnittlich 11 %. Das klingt im ersten Moment vielleicht nicht viel, aber bei näherer Betrachtung wirst du feststellen, dass sich eine Investition von zum Beispiel nur 20 Minuten pro Tag lohnt. Denn wer Stress reduziert, verbessert sein Immunsystem, mindert Angstzustände (und um diese geht es ja), steigert Optimismus und Selbstkontrolle und verändert so sein Leben positiv.

MBSR ist also eine schnelle Lösung für Angst, da du lernst, deinen Geist unter Kontrolle zu haben. Bei Angstzuständen und Panikattacken ist es nämlich meist andersrum: Dein Geist hat dich unter Kontrolle. Sozialphobiker oder Menschen, die an Panikattacken leiden, reagieren bei der Konfrontation mit ihren Angstauslösern oft automatisch, also ohne darüber nachzudenken. Durch Achtsamkeit wirst du für diese Reaktionen sensibilisiert und schaffst somit eine Distanz zwischen dem Auslöser und der Angstreaktion.

Stress bzw. Angst ist gerade ein enormer Teil deines Lebens, aber das muss nicht so bleiben. Durch folgende Übungen für mehr Achtsamkeit lernst du, deine Gedanken, Gefühle und Handlungen zu beherrschen und dich so der Kontrolle durch Angst zu entziehen.

Übung: einfaches Mantra

Mantras enthalten eine wichtige Kernaussage, die aus Wünschen oder positiven Glaubenssätzen bestehen kann. Du kannst grundsätzlich jeden Satz zu deinem persönlichen Mantra machen. Dabei sprichst du die Worte entweder leise zu dir selbst oder laut und wiederholst es häufig, sodass sich dieser Satz in deinem Geist verankert.

Praktiziere diese Übung jeden Tag 5-10 Minuten

1. Setz dich bequem hin und schließe deine Augen
2. Nimm dir einen Moment Zeit und versuch jede Anspannung fallenzulassen, dein Körper sollte so entspannt sein, dass du schlafen könntest
3. Wiederhole ein Mantra in deinem Kopf, halte die Worte dabei positiv (zum Beispiel: „Ich bin nicht ängstlich, ich lebe in Frieden.“)
4. Wiederhole dieses Mantra 5-10 Minuten lang und sei stolz, wenn du fertig bist.

1. Dein Verstand wird versuchen, dich abzulenken und mit anderen Gedanken zu konfrontieren. Das ist okay, verurteile dich dafür nicht und lass es einfach geschehen. Erkenne die Ablenkung und kümmere dich nicht weiter darum, fahre mit der Übung fort.

Übung: Drei Sinne

Ein Trick, um Achtsamkeit zu üben, besteht darin, das, was du gerade erlebt hast, mit drei Sinnen zu bemerken: Hören, Sehen und Fühlen.

1. Atme langsam und tief ein

2. Suche dir drei Dinge, die du hören kannst (Ticken einer Uhr, Vogelzwitschern, Auto oder Straßenbahn, Geräusche im Nebenzimmer, Atem)
3. Achte auf drei Dinge, die du sehen kannst (ein Mensch, Möbel, Ampel, Straßenschilder)
4. Konzentriere dich auf drei Dinge, die du fühlen kannst (Der Boden unter dir, dein Geldbeutel in der Tasche, die Türklinke oder Autotür)
5. Denke langsam und eindringlich an diese Dinge.

   Es ist unmöglich, diese Übung zu machen und dabei nicht achtsam und präsent zu sein.

Übung: Achtsames Atmen

Diese Übung geht schnell und ist effektiv. Ziel ist es, die Aufmerksamkeit auf die Atmung zu richten, sodass Gedanken und Empfindungen in den Hintergrund rücken.

1. Setz dich bequem hin, der Rücken sollte gerade sein und die Füße auf dem Boden stehen
2. Schließ deine Augen und lass die Schultern nach unten fallen (weg von den Ohren)

3. Achte auf deine Atmung, aber atme zunächst normal weiter
4. Leg die Hände auf den Bauch, die Fingerspitzen berühren sich dabei leicht
5. Atme sanft durch die Nase ein und durch den Mund wieder aus
6. Beachte beim Einatmen wie dein hebender Bauch deine Hände auseinanderdrückt, während sich deine unteren Lungen mit Luft füllen
7. Bemerke beim Ausatmen, wie dein Bauchnabel sich in Richtung Wirbelsäule zieht – wie ein Ballon geht Luft rein und wieder raus
8. Konzentriere dich weiter auf das sanfte Einund Ausatmen

Kommen währenddessen negative Gedanken hoch, dann akzeptiere diese ohne Urteil und lenke die Aufmerksamkeit wieder auf deine Atmung. Bleib so lange in diesem Zustand, wie du möchtest und wenn du bereit bist, dann öffne die Augen und richte deine Aufmerksamkeit zurück auf deine Umgebung.

Übung: 4-7-8 Atemübung

Durch diese Übung entspannst und konzentrierst du dich. Stressreduktion bewirkt auch

Angstreduzierung. Die Methode bedarf Übung, damit du dich daran gewöhnst so zu atmen und es sich nicht schwierig anfühlt. Solltest du anfangs große Probleme haben, reduziere zunächst die Zeit.

1. Setz dich aufrecht hin
2. Drück deine Zungenspitze gegen die Rückseite deiner Schneidezähne
3. Atme durch die Nase ein und zähl dabei bis vier
4. Halte den Atem sieben Sekunden an
5. Atme durch den Mund aus und zähl dabei bis acht
6. Wiederhole die Schritte 1-5 insgesamt vier Runden

Übung: Körperscan

Das Ziel dieser Übung besteht darin, sich des gegenwärtigen Moments bewusst zu sein und wachsam zu bleiben. Du sollst deinen Körper bzw. körperliche Empfindungen intensiv spüren, ohne dabei zu urteilen, denn du nimmst sie einfach nur wahr. Normalerweise ist es dein Verstand gewöhnt, diese Empfindungen (kribbeln, Wärme, Pulsieren, Engegefühl) als gut oder schlecht zu bezeichnen.

1. Such dir einen bequemen Ort (Teppich, Couch, Bett) und leg dich hin
2. Schließ die Augen, lass die Schultern locker

3. Fokussiere dich auf deine Atmung (Bauchatmung) und atme in deinem Tempo, ohne groß darüber nachzudenken. Dein Atem muss nicht regelmäßig sein, lass ihn einfach kommen und gehen
4. Spüre, wie sich deine Lunge beim Einatmen mit Luft füllt und beim Ausatmen leert
5. Lenke dein Bewusstsein auf die Kontaktstelle zwischen Körper und Liegefläche
6. Lass dich bei jedem Atemzug tiefer in die Oberfläche (Bett, Teppich) sinken
7. Fang an, deinen Körper zu scannen. Spüre die Empfindungen in deinem linken Fuß und mach sie dir bewusst. Jetzt deine linke Wade, linker Oberschenkel etc. Spüre intensiv alle Empfindungen und erlaube dir ebenso, nichts zu fühlen.
   Solltest du dir einer Spannung oder einer intensiven Empfindung in einem bestimmten Körperteil bewusst werden, versuche diese „Einzuatmen“. Atme ein, um dir dessen sanft bewusst zu werden, ohne zu urteilen oder zu verändern.
8. Wiederhole die Prozedur mit der rechten Körperseite.

9. Lenke deine Aufmerksamkeit nun auf dem Magen, atme bewusst und spüre alle Empfindungen.
10. Scanne nun die linke Hand, den linken Arm.
11. Wiederhole das Ganze mit der rechten oberen Körperhälfte.
12. Konzentriere dich nun auf deine Brust, den Hals und das Gesicht. Fühle die Empfindungen in deinem Kiefer und beachte, wie sich der Hinterkopf auf der Oberfläche anfühlt.
13. Nimm dir einen Moment Zeit, um zu registrieren, wie alle deine Körperteile miteinander verbunden sind. Beachte die Empfindungen (Kribbeln, Kühle, Schwere, Schweben) und akzeptiere jede einzelne.
14. Wenn du bereit bist, öffne deine Augen und lenke die Aufmerksamkeit zurück auf deine Umgebung.

    Es kann auch bei dieser Übung wieder passieren, dass dein Geist ab und zu von der Atmung und dem Körperscan weg wandert. Mach dich da nicht verrückt, das ist völlig normal. Wenn du das bemerken solltest, dann erkenne die Tatsache einfach nur an und richte deine Aufmerksamkeit im Anschluss wieder auf den Teil des Körpers, bei dem du gerade stehen geblieben bist.

Weg 5: Ergänzende Bekämpfung der Sozialphobie durch Sport und Ernährung

Sport

„Bewegung ist die Seele aller Dinge“

Paul Klee -

Sport trägt im Allgemeinen zu einem gesunden Lebensstil bei. Durch einen gesunden Lebensstil können sich die Symptome deiner Sozialphobie verbessern. Du reduzierst Stress, indem du einen angemessenen Ausgleich schaffst. Durch Stressreduktion bekommst du dann die Angstgefühle besser in den Griff.

Durch regelmäßige Bewegung kannst du effektiv dazu beitragen, deine soziale Angst zu vermindern. Sport stärkt nicht nur dein Selbstvertrauen, sondern steigert auch deine Widerstandsfähigkeit. Wenn du deinen Körper stärkst, stärkst du automatisch auch deinen Geist. Mithilfe von Ausdauersport, Muskeltraining wirst du zielstrebiger agieren, klarer denken und entschlossener handeln. Du kannst dich angstbezogenen Herausforderungen leichter stellen und daran arbeiten.

In Situationen, in denen du extremer Angst ausgesetzt bist, reagiert dein Körper automatisch mit einer Flucht- oder Kampfhaltung. Dafür werden Hormone wie Insulin, Cortisol und Adrenalin freigesetzt. Durch Aktivität können diese wieder abgebaut werden. Sport ersetzt ebendiese Hormone durch Endorphine (Glückshormone) und Myokine (heilende Botenstoffe). Infolgedessen fühlst du dich entspannt und fähig, Herausforderungen auf gesunde Art zu meistern. Auch die körpereigene Angsthemmung wird durch Sport angekurbelt. So erfolgt eine schnellere Genesung, denn dein Kopf weiß nun, dass auch starke und anhaltende Belastungen gefahrlos überstanden werden können.

Auch gegen negative Gedanken kannst du Sport effektiv einsetzen. Wenn du dich körperlich verausgabst, hast du keine Zeit um intensiv zu grübeln. Dein Gehirn wird gezwungen für die Betätigung Platz zu machen, anstatt über angsterfüllte Probleme nachzudenken.

Mit Hinblick auf den sozialen Aspekt kann auch die Teilnahme an organisiertem Sport sehr hilfreich sein. Innerhalb von Teams förderst du deine eigenen sozialen Fähigkeiten und entwickelst ein Zugehörigkeitsgefühl. Anhand der feststehenden Regeln, wie etwa Fairness oder Disziplin, fällt dir der Umgang mit anderen Menschen leichter.

Du wirst auch schnell merken, dass sich deine physischen Reaktionen auf Angstsituationen vermindern. Weiche Knie oder Ohnmachtsgefühle, Herzrasen oder Atemschwierigkeiten gehören so schnell der Vergangenheit an. Menschen, die unter Panikattacken leiden, meiden sportliche Betätigungen, doch gerade damit kann man den Symptomen effektiv entgegenwirken.

Ganz egal, ob du dich für einen Mannschaftssport oder eine Einzeldisziplin entscheidest: Sport zur Bekämpfung einer Angststörung birgt nur Vorteile. Du kannst joggen gehen oder Boxen, Radfahren oder Volleyball spielen. Diese Entscheidung liegt ganz bei dir.

Entscheidend ist letzten Endes jedoch, dass du eine Sportart auswählst, die dir Spaß macht. Für mich zum Beispiel gibt es nichts Schlimmeres als zu joggen. Also gehe ich einfach etwas schneller oder wähle eine Alternative.

Einige Stimmen sagen jedoch, dass Ausdauersportarten einen besonders positiven Effekt erwirken. Das liegt eventuell auch daran, dass Ausdauersportarten vermehrt im Freien ausgeführt werden. Wenn du draußen Sport machst, aktivierst du zusätzlich die heilenden Kräfte der Natur.

Hier einige Tipps, um mit Sport zu beginnen:

1. Da du unter Panikattacken oder einer Phobie leidest und Routine von Vorteil bei der Heilung ist, baue Sport darin ein. Such dir feste Tage, an denen du dich sportlich betätigst.
2. Übernimm dich nicht. Stecke dir realistische Ziele und steigere diese langsam. Somit erreichst du immer einen motivierenden Erfolgseffekt.
3. Bleib dran! Aller Anfang ist schwer. Ich weiß aus eigener Erfahrung, dass Vorhaben nach einigen Tagen oder Wochen oft hinfällig sind. Doch glaub mir, durchhalten lohnt sich. Du wirst nach ca. 8 Wochen schnelle Ergebnisse sehen und Erfolge erzielen. Sowohl körperlich, als auch geistig. Und mal ehrlich – Was sind zwei Monate gegen ein Leben voller Angst?

Ernährung

„Eure Heilmittel sollen eure Nahrungsmittel sein.“

Hippokrates

Eine ausgewogene und gesunde Ernährung ist in jeder Lebenslage von Vorteil – auch bei einer Sozialphobie. Getreu dem Motto „Du bist, was du isst“ kann es passieren, dass du Angstempfindungen förderst, indem du deinem Körper zu viel Gift hinzufügst. Die richtige Ernährung wirkt sich auf unser Wohlbefinden aus, während eine Mangelernährung (Mangel an essenziellen Nährstoffen) eine Verringerung der Gehirnbotenstoffe (die für Glücksgefühle sorgen) und Neurotransmittern verursachen kann und somit Angstzustände fördert.

Ernährst du dich richtig, kannst du diese Glücksgefühle fördern und der sozialen Angst effektiv entgegenwirken. Mitverantwortlich sind auch Aminosäuren, welche in Form von natürlichen Eiweißen in Obst, Gemüse und Vollkornprodukten vorkommen.

Alles in unserem Körper ist verbunden, so auch der Darm und das Gehirn. Diese beiden kommunizieren miteinander und können freudige oder ungute Nachrichten austauschen. Um glücklich zu sein, kannst du also natürliche Lebensmittel verzehren, die nachweislich glücklich machen.

Hier könnt ihr einige ausgewählte Lebensmittel nachlesen, die Angst fördern oder dieser entgegenwirken.

Nahrungsmittel, die Panikattacken verstärken können

1. Kaffee

In Kaffee ist Koffein enthalten. Die bekannte Wirkung erhöht den Blutdruck und somit auch die Herzfrequenz. Durch den hohen Puls steigt dein Stresslevel an und Stress ist Gift für Angstzustände.

2. Alkohol

Viele Menschen trinken nach einem harten Tag ein Gläschen Wein oder eine Flasche Bier. Einige trinken auch, um sich bestimmten Situationen zu stellen, da man unter Alkoholeinfluss lockerer scheint. Die Herausforderungen können so eventuell gemeistert werden, aber nur kurzfristig. Nach dem Konsum kommen Stress und Angst zurück. Ein weiterer Minuspunkt ist, dass auch in Alkohol viel Zucker enthalten ist. Dadurch und durch das enthaltene Serotonin können nervöse Unruhezustände, Muskelschwäche und Austrocknung die Folge sein.

3. Süßigkeiten

„Schokolade macht glücklich" – wir alle kennen diesen Satz. Aber tatsächlich macht Schokolade oder auch andere Süßigkeiten, dass dein Blutzuckerspiegel kurzzeitig ansteigt und anschließend rapide wieder absinkt. Die Folge des schnellen Wechsels können Angstzustände und Panikattacken sein. Versuch Zartbitterschokoladediese enthält weniger Zucker.

Nahrungsmittel, die bei Angst helfen

1. *Nüsse*
   Nüsse enthalten, genauso wie zum Beispiel Lachs, Omega-3-Fettsäuren. Diese senken Entzündungswerte und Angstzustände

1. *Süßkartoffeln*
   Süßkartoffeln, sowie Naturreise oder Bohnen enthalten komplexe Kohlenhydrate. Diese Verbindungen sind ballaststoffreich und können so leichter verdaut werden.

2. *Grüner Tee*
   In grünem Tee sind L-Theanine enthalten. Diese beeinflussen das zentrale Nervensystem und wirken beruhigend.

4. *Kürbiskerne*
   In Kürbiskernen ist viel Zink enthalten. Eine ausreichende Versorgung mit

Zink ist wichtig für unser Immun- und Nervensystem.

5. *Grünes Gemüse*
   Durch grünes Gemüse nehmen wir viel Magnesium auf. Ein Mangel an Magnesium kann Angstzustände verstärken.

6. *Eier*
   Wichtige Stoffe für die Funktion des Nervensystems sind Cholin und Lecithin. Beide Stoffe finden wir in Eiern.

7. *Kamille*
   Kamille enthält Neurotransmitter, die bei der Stress- und Angstreduzierung helfen. Während Kamille bekanntermaßen gegen Bauchschmerzen hilft, kannst du das Lebensmittel auch bei Angstzuständen einsetzen. Kamille wirkt beruhigend, entzündungshemmend und verbessert einen niedrigen Blutdruck. Bei nervöser Unruhe, Schlafstörungen und psychischen Stress kommt die Pflanze ebenfalls zum Einsatz.

Fazit

Wie ich bereits am Anfang des Buches schilderte, habe ich eigene Mittel und Wege gefunden, um meine Angst zu besiegen oder zumindest in Schach zu halten.

Anfangs hat mir vor allem eines geholfen: Die Gewissheit, dass es mir körperlich gut geht und aus ärztlicher Sicht physisch alles in bester Ordnung ist. Ich wusste also um den psychischen Ursprung meiner Angststörung und genau dieses Wissen war der Schlüssel. Ich habe mein Problem erkannt und vor allem auch als solches anerkannt. Ich habe mich nicht mehr davor versteckt, keine Ausflüchte gesucht und mir nicht mehr eingeredet, dass es sich von selbst erledigen wird. Das ist ein großer Schritt, auch wenn es sich simpel anhören mag.

Ich fing an, alles Mögliche über Panikattacken in Erfahrung zu bringen. Am Anfang habe ich mal geschrieben, dass Dr. Google nicht immer die beste Option ist und dabei bleibe ich. Wenn du nur leichte Erkältungssymptome hast, diagnostizierst du dir selbst durch die Suchmaschine oft viel schlimmere Krankheiten. Bei Kopfschmerzen beispielsweise hast du gleich einen Hirntumor, bei Bauchschmerzen ein Magengeschwür und bei Herzrasen einen Herzinfarkt. Ich googlete also nicht mehr meine Symptome, sondern gezielte Wege, um Angst und Panik zu vertreiben. Einige Sachen schnappte ich auch irgendwo anders auf und stellte im Nachhinein fest, dass diese mir auch bei der Bewältigung meiner Angst helfen. (Meditation und Achtsamkeit zum Beispiel)

Besonders geholfen hat mir zu Beginn die Angstskala, da ich so meine Ängste schwarz auf weiß vor Augen geführt bekam. Das hilft ungemein, sich selbst und auch den Schweregrad einzuschätzen. Da ich generell eigentlich kein Problem mit dem Selbstbewusstsein habe, fielen bei mir die Selbstbewusstseins - Übungen eher kurz aus. Ich habe sie dennoch gemacht, weil das für mich zum Heilungsprozess dazu gehörte. Das Dankbarkeitstagebuch zum Beispiel offenbarte mir eine Möglichkeit, bewusst auch die kleinen Dinge im Leben zu schätzen. Wenn du allerdings vermehrt mit Minderwertigkeitskomplexen zu kämpfen hast, dann investiere in den Aufbau des Selbstbewusstseins lieber etwas mehr Zeit!

In die Reduktion negativer Gedanken habe ich dafür aber umso mehr Arbeit gesteckt. Das gehört zwar teilweise auch in das Kapitel Selbstvertrauen, aber diese Übungen helfen vor allem, nicht immer das Schlimmste zu befürchten. Das war mir persönlich besonders wichtig, denn vor allem waren es meine Gedanken, die meinen Verstand vergifteten. Es ist schwierig, eigene Gedanken zu steuern, vor allem wenn dein innerer Kritiker besonders laut ist. Aber durch diese Übungen habe ich es nach und nach geschafft.

Nach dem ich also Selbstreflexion und Selbstbewusstsein abhaken konnte, fokussierte ich mich mehr und mehr auf konkrete Lösungen in angstauslösenden Situationen und auch auf Lösungen, die auf lange Sicht eine dauerhafte Verbesserung anstrebten.

Meditation und Achtsamkeit sind auch heute noch meine Favoriten. Mit Affirmationen kann man schon morgen positiv den Tag starten. Ein positiver Start verändert den ganzen Tagesablauf. Ich bin sicher, dass ich mit der Meinung nicht alleine bin. Jeder, der schon mal mit „dem falschen Fuß aufgestanden“ ist, wird mir in diesem Punkt zustimmen. Auch im Laufe eines Tages helfen die kleinen, überlegten Sätze dabei, aus alten Gedankenmustern auszubrechen und diese durch inspirierende Gedankenstrukturen zu ersetzen.

Durch die Erdung habe ich gelernt, mir meiner Umgebung bewusst zu werden. Gerade bei einer Panikattacke habe ich oft das Gefühl, nicht mehr wirklich anwesend zu sein oder keine Kontrolle mehr über mich und mein Umfeld zu haben. Ich habe oft gedacht, dass das nicht ich bin und dass es nicht mein Leben ist. Mit der Erdungsmeditation konnte ich diesen Empfindungen effektiv entgegenwirken.

Bei den Achtsamkeitsübungen waren es vor allem die drei Sinne (anfangs nahm ich noch fünf), die mir aus angstbezogenen Situationen herausgeholfen haben. Ähnlich wie bei der Erdung schaffte ich es so, die Kontrolle zurückzugewinnen. Diese Prozedur funktionierte bei mir jedes Mal! Und auch das bewusste Atmen erleichterte mir Momente der Panik besser zu überstehen.

Durch die Ergänzungen mit Sport und Ernährung verschaffte ich mir generell ein besseres Körpergefühl. Ich muss gestehen, dass ich eher ein Sportmuffel bin. Von daher standen joggen und andere Ausdauersportarten bei mir eher weniger an der Tagesordnung. Yoga hingegen offenbarte mir, ähnlich wie Meditation und Achtsamkeit, eine neue Perspektive auf meinen Körper und meine Gesundheit. Nicht umsonst sagen viele Yogis, dass es sich dabei nicht um bloßen Sport handelt, sondern eine Lebensphilosophie.

Mit der gesunden Ernährung habe ich es früher auch nicht so genau genommen. Doch der positive Effekt war so überwältigend, dass ich mich auch heute noch gut ernähre und so ein besseres Lebensgefühl habe. Viele nachgewiesene Vorurteile oder Fakten über einige Nahrungsmittel kann ich also bestätigen. Ich habe diese aus meinem Leben verbannt und es hat mir geholfen.

Wie du also siehst, sind die Wege nicht einfach eine Abfolge liebloser Übungen. Die im Buch aufgeführten Schritte haben tatsächlich mein Leben verändert. Ich habe es so geschafft, aus meinem Leben das Beste herauszuholen und meinen Leidensdruck erheblich zu verringern. Ich fühle mich heute wie ein neuer Mensch und hoffe inständig, dass es dir bald genauso geht.

Zusammenfassung

"Wenn du durch eine harte Zeit gehst und alles gegen dich zu sein scheint, wenn du das Gefühl hast, es nicht mehr eine Minute länger zu ertragen, gib nie auf, weil dies die Zeit und der Ort ist, wo sich die Richtung ändert."

Mevlana Dschelaluddin Rumi -

Ob du wirklich an einer Sozialphobie leidest oder per Definition bloß schüchtern bist, kannst du also anhand einiger Kriterien bestimmen. Sobald du dir sicher bist, dass diese Angststörung dein Leben bestimmt und dich nahezu lähmt, kannst du mit einigen Schritten zu einer effektiven Verbesserung deiner Situation beitragen.

Ich spreche hier aus eigener Erfahrung. Du hast meinen Bericht gelesen und kannst dich womöglich mit manchen Situationen identifizieren. Du weißt nun also, dass du selbst etwas zur Verringerung von Angstgefühlen beitragen kannst. Vor allem aber weißt du nun, dass du dich nicht schämen musst und nicht als einziger Mensch der Welt an solchen Defiziten leidest.

Die Ursache spielt dabei eine wichtige Rolle. Es ist ein Unterschied, ob deine Situation „selbstverschuldet“ ist oder aufgrund eines Traumas entstand. Bei letzterem ist es wichtig, die Gedanken darauf zu fokussieren und dich nicht dahinter zu verstecken. Je nach Ursache können unterschiedliche Schritte dir bei der Verbesserung deiner Lage helfen.

Allem Vorweg steht immer die Selbstreflexion an erster Stelle. Denn nur wenn du lernst, dich selbst zu verstehen und zu analysieren, kannst du dir auch selbst helfen. Du musst trainieren, deine Ängste zu benennen und zu konkretisieren und anschließend damit umzugehen.

Statt negative Gedankenmuster zu manifestieren, solltest du dich auf gesundes Denken konzentrieren. So kannst du Angstzustände vorbeugen oder kontrollieren. Das kann gewiss einige Zeit dauern, aber durch die Übungen kannst du deinen Geist jeden Tag zu gesundem Denken erziehen. Nach einer Weile sind positive Gedanken dann ganz selbstverständlich.

Ich glaube, dass jeder Mensch sich endgültig von Negativität befreien kann. Ich glaube daran, weil ich selbst an solch einem Punkt war. Meine negativen Gedanken haben mich ständig an einen dunklen und einsamen Ort geführt, doch auch ich habe es wieder ins Licht geschafft. Ich kenne das Gefühl, in Sorgen zu ertrinken und sich selbst dafür zu verurteilen.

Du kannst negative Gedanken in positive verwandeln und dir so inneren Frieden bescheren. Führe dir stets das große, rote STOPP SCHILD vor Augen, wenn du an etwas Ungutes denkst. Nutze dieses Schild in deinem Geist, um aus jeder Negativität etwas Positives zu erschaffen.

Dass man die soziale Angst oder soziale Angstsituationen auch durch mehr Selbstbewusstsein bekämpfen kann, ermöglicht dir einen weiteren schnellen Weg, deine Lage zu verbessern. Durch einfache Methoden wie kritische Selbstgespräche oder ein Dankbarkeitstagebuch baust du dein Selbstwertgefühl auf und gleichzeitig dazu deine Angststörung ab.

Um eine Veränderung durch Stressreduktion zu erreichen, eigenen sich die Meditation und Achtsamkeitsübungen besonders gut. Angst ist ein Hilfeschrei deines Körpers, der dir signalisieren möchte: „Ich habe zu viel Stress.“ Wenn das Gefühl von andauernder Alarmbereitschaft nicht verschwindet, versuche eine der Techniken. Achtsamkeit und Meditation sind ein wachsendes Feld, das dir dabei helfen kann, deine Angst zu steuern und zu kontrollieren.

Wenn du deine Aufmerksamkeit auf den gegenwärtigen Moment richtest, dann lernst du Dinge zu akzeptieren und anzunehmen, ohne darüber zu werten. Durch den Fokus auf deine Atmung blendest du deine Umgebung aus und bringst die Geistesgegenwart zu deinem Körper. Du schaffst einen Raum zwischen deinen Erlebnissen und dir selbst, indem du freier atmen und Stress loslassen kannst. Eine Reaktion mit Unwissenheit ist kein Vergleich zu einer Reaktion mit Achtsamkeit.

Auch Sport und Ernährung spielen eine signifikante Rolle in der Bekämpfung von sozialer Angst. Sport wirkt sich nicht nur positiv auf deine Glückshormone aus, sondern auch auf den gesamten Organismus. Du kannst frei wählen, für welche Sportart du dich entscheidest, aber komm in Bewegung.

Nahrung gehört zu dcn Grundbedürfnissen der Menschheit. Dass es aber Lebensmittel gibt, die unser Angstempfinden schlimmer machen, wissen die wenigsten Menschen. Verzichte zunächst auf wenige Genussmittel, wie Kaffee, Schokolade und Alkohol und erziele damit eine große Wirkung. Das bedeutet übrigens nicht, dass du diese nie wieder konsumieren darfst

Schlussbemerkung

„Ich sage dir nicht, dass es leicht wird. Ich sage dir, dass es sich lohnen wird."

Art Williams -

Wenn Schüchternheit krank macht, kann das deine Lebensqualität enorm einschränken. Übergroße soziale Ängste nehmen dir den Lebensraum, den du benötigst, um dein eigenes Wesen frei zu entfalten. Das wiederum führt zu Panikattacken, Isolation, Lebensunlust und zum Schluss zu Resignation. Aufgrund dessen mangelt es dir oft an Zuneigung und Liebe bzw. liebevollen Beziehungen.

Die Ursachen für die Sozialphobie liegen häufig in der Kindheit oder Jugend. Wegen schrecklicher Erfahrungen und leidvollen Erlebnissen gehen wir nur noch mit großer Angst vor sozialen Kontakten durch die Welt. Das ist traurig, denn das Leben kann so schön sein.

Nun, als Erwachsener ist es an der Zeit Verantwortung für seine Probleme und Defizite zu übernehmen und an sich und seinen

Schwierigkeiten zu arbeiten. Arbeit bedeutet nicht gleichzeitig, keinen Spaß dabei zu haben oder lediglich Therapiestunden abzusitzen! Es gibt viele Optionen, sich mit diversen Angststörungen auseinanderzusetzen. Wenn du Schwierigkeiten hast, die soziale Angst zu überwinden, scheint es manchmal, als wärst du in einer Einbahnstraße, die nur noch bergauf geht. Doch es gibt auch weniger mühsame Wege, die dir Freude bereiten und dir die Chance bieten, ein neues Leben zu beginnen.

Diese Wege kannst du nun beschreiten. Du bist an deinem Schicksal nicht schuld! Du bist nicht schuld daran, im Teufelskreis aus Angst gefangen zu sein und auch nicht daran, kein „normales" Leben führen zu können. Aber du bist schuld daran, wenn du deine unschöne Situation nicht änderst.

Du bist jetzt schon weit gekommen. Du hast das Buch gekauft und es gelesen und weißt, dass es viele andere Menschen gibt, denen es auch so geht. Und vor allem Menschen, die es auch aus eigener Kraft da heraus geschafft haben. Du weißt, dass es möglich ist!

„Erfolg hat drei Buchstaben:

TUN."

Goethe -

Du weißt, was du zu tun hast – leg los und mach etwas Gutes daraus.

Bonuskapitel

Als Bonus liste ich dir hier einige Dinge auf, die empfehlenswert sind und einige, die du als Sozialphobiker vermeiden solltest:

Do's

- studiere die Übungen ein, sodass du bei einer bevorstehenden Angstsituation auf diese zurückgreifen kannst
- identifiziere und korrigiere verzerrte Denkmuster, denn wenn du erkennst, dass in deinen Gedanken alles schlimmer ist, kannst du einen „Angriff" auf deinen Geist leichter abwehren
- entwickle eine Körper-Achtsamkeitspraxis, denn mit Meditation und Entspannung wirkst du der Angst effektiv entgegen. Es ist unmöglich, entspannt zu sein und gleichzeitig ängstlich
- erde dich mit deiner Umgebung, denn während einer Panikattacke können negative Gedanken das Gefühl der Panik verschlimmern. Die Erdung hilft dir, das Bewusstsein für deine Umgebung zu schärfen. Wenn du die Aufmerksamkeit auf den Wind lenkst, der deine Haare aufwirbelt oder aber auf

den Boden unter deinen Füßen, kannst du ins Hier und Jetzt zurückkehren und die Angst lässt nach.

- regelmäßig Atem- und Entspannungstechniken üben
- tue Dinge, die dir Spaß machen

Don'ts

- deinen Körper ignorieren, denn obwohl körperliche Angstgefühle überwältigend sein können, ist die Achtsamkeit des Körpers (z.B. Body-scan) eine Schlüsselkomponente bei der Behandlung von Angststörungen
- aufgrund von Angst vor körperlichen Symptomen körperliche Anstrengungen meiden, denn Sport macht deine Symptome nicht schlimmer – er vermindert diese
- gefürchtete Orte oder Situationen meiden, denn der Vermeidungszyklus macht deine Lage schlimmer, anstatt besser
- negative Bewältigungsstrategien (z.B. Alkohol trinken), da diese die Angst erhöhen können und zu einer generellen Verschlechterung der Gesamtsituation führen

- nicht nur online auf soziale Kontakte eingehen / hinter dem Smartphone verstecken

Ich möchte dir an dieser Stelle einen kleinen Hinweis geben: Nichts davon ist ein Allheilmittel. Ich bin diesen Weg gegangen und kann dir das deswegen mit gutem Gewissen empfehlen. Für mich hat es funktioniert.

Wenn es dir aber so schlecht geht, dass du dich womöglich selbst verletzt oder noch schlimmere Gedanken hast, dann such dir bitte professionelle Hilfe. Und auch wenn du während des Lesens bei bestimmten Übungen oder danach merkst, dass sich deine Stimmung zum negativen ändert oder entwickelt, solltest du einen Arzt aufsuchen. Möglich wäre auch eine organische Ursache.

Die Wege und Ratschläge in diesem Buch können in dem Fall einen Besuch beim Therapeuten oder Arzt nicht ersetzen.

Auch das ist keine Schande! Sich Hilfe zu suchen, in welcher Form auch immer hat nichts mit Versagen zu tun – im Gegenteil.

Ich stelle dir hier eine Liste mit den Kontaktdaten der 5 besten Therapeuten Deutschlands zur Behandlung der Sozialphobie zur Verfügung.

München:

Dipl.-Psych.Aleksandra Cichecka

Bauerstr. 3

80796 München

Bayern

Deutschland

Telefon: 089 740 435 40

E-Mail:

cichecka@psychotherapie-am-kurfuerstenplatz.de

Frankfurt:

Thea Nimmermann, Heilpraktikerin für Psychotherapie

Roßmarkt 5

60311 Frankfurt am Main

Hessen

Deutschland

Telefon: 069/67735180

E-Mail: info@theanimmermann.de

(Bietet auch Videoberatung an)

Hamburg:

Dr. med.Volker Königsmann

Neuer Wall 19

20354 Hamburg

Hamburg

Deutschland

Telefon: 040/300 687 60

E-Mail: info@neurologie-neuer-wall.de

Köln:

Priv.-Doz. Dr. Dr.Daniel Wagner

Richard-Wagner-Str. 40

50674 Köln

NRW

Deutschland

Telefon: 022120420496

E-Mail: praxis@wagner-koeln.de

Berlin

Prof. Dr. med.Jürgen Staedt

Knesebeckstr. 32

10623 Berlin

Berlin

Deutschland

Telefon: 0173/2108213

E-Mail: Prof.Staedt@email.de

Die Zufriedenheit und der Erfolg meiner Leser sind mir sehr wichtig. Ich würde mich also sehr freuen, wenn du dir kurz die Zeit nimmst, eine Bewertung zu schreiben und mir so deine Eindrücke und dein Feedback mitteilst.

Du hilfst damit auch anderen Menschen bei der Auswahl des richtigen Ratgebers.

Quellenverzeichnis

Literatur

Bauer Blake B. (2018): Du lebst nicht, um zu leiden: Angst und Unsicherheit überwinden und den Weg zu Selbstliebe und Glück finden.Stuttgart.

Bernhardt Klaus (2016): Panikattacken und andere Angststörungen loswerden!: Wie die Hirnforschung hilft, Angst und Panik für immer zu besiegen. München.

Fensterheim Herbert & Baer Jean (2001): Leben ohne Angst. Unsicherheiten, Ängste, Phobien erkennen, verstehen, beherrschen. München.

Hoyer Jürgen & Samia Härtling (2019): Soziale Angst verstehen und verändern. Dresden.

Verzeichnis der Internetseiten

https://www.einfachganzleben.de/meditation-achtsamkeit/abschied-von-negativen-gedanken

https://www.frisches-denken.de/meditation-lernen/

https://www.flowfinder.de/selbstbewusstsein-staerken/

https://www.lernen.net/artikel/meditation-mit-diesen-10-tipps-und-5-uebungen-lernst-du-meditieren-1111/

https://www.netdoktor.de/krankheiten/phobien/soziale-phobie/

https://www.planet-wis-sen.de/gesellschaft/psychologie/achtsamkeit/index.html

https://www.psychenet.de/de/psychische-gesundheit/informationen/soziale-phobie.html

https://www.selbstbewusstsein-staerken.net

https://sozialephobie.info/uebungen-fuer-mehr-acht%C2%ADsamkeit/

http://www.nature.com/articles/s41562-016-0006 (Deutsches Ärzteblatt, Nature Human Behaviour 1, Article number: 0006 (2016), doi:10.1038/s41562-016-0006)

Haftungsausschluss

Die Umsetzung aller enthaltenen Informationen, Anleitungen und Strategien dieses E-Books erfolgt auf eigenes Risiko. Für etwaige Schäden jeglicher Art kann der Autor aus keinem Rechtsgrund eine Haftung übernehmen. Für Schäden materieller oder ideeller Art, die durch die Nutzung oder Nichtnutzung der Informationen bzw. durch die Nutzung fehlerhafter und/oder unvollständiger Informationen verursacht wurden, sind Haftungsansprüche gegen den Autor grundsätzlich ausgeschlossen. Ausgeschlossen sind daher auch jegliche Rechtsund Schadensersatzansprüche. Dieses Werk wurde mit größter Sorgfalt nach bestem Wissen und Gewissen erarbeitet und niedergeschrieben. Für die Aktualität, Vollständigkeit und Qualität der Informationen übernimmt der Autor jedoch keinerlei Gewähr. Auch können Druckfehler und Falschinformationen nicht vollständig ausgeschlossen werden. Für fehlerhafte Angaben vom Autor kann keine juristische Verantwortung sowie Haftung in irgendeiner Form übernommen werden.

Urheberrecht

Impressum

2020

1. Auflage

Kontakt: Sebastian Sylwestrzak

Bremer Str.163b

27751 Delmenhorst

Printed in Poland
by Amazon Fulfillment
Poland Sp. z o.o., Wrocław

70147279R00065